CRÔNICAS DE LOS ANGELES

BARCAROLLA

ANNETTE LÉVY-WILLARD

CRÔNICAS DE LOS ANGELES

Tradução:
Mário Vilela

BARCAROLLA

Título original: *Chroniques de Los Angeles*

COORDENAÇÃO EDITORIAL:
Lu Fernandes
Jorge Felix
Sérgio Kobayashi
CAPA:
Moema Cavalcanti
EDITORAÇÃO:
Helena Jacob
REVISÃO:
Oswaldo Camargo
FOTO DE CAPA:
Tim Macpherson (Getty Images)

Dados Internacionais de Catalogação na Publicação (CIP)
(Câmara Brasileira do Livro, SP, Brasil)

Lévy-Willard, Annette
Crônicas de Los Angeles/ Annette Lévy-Willard;
tradução Mário Vilela - São Paulo: Editora Barcarolla, 2004, 218p.

Título original: Chroniques de Los Angeles.

1. Crônicas francesas. 2. Los Angeles (Calif.) - Descrição e Viagens.
3. Los Angeles (Calif.) - Usos e Costumes I. Título.

ISBN 85-98233-01-3

4-549 CDD-917.9494
Índices para catálogo sistemático:
1. Los Angeles: Califórnia: Descrição e viagens 917.9494

2004

Av. Pedroso de Moraes, 631/11° andar
05419-000 - Pinheiros - São Paulo - SP - Brasil
Telefone/Fax: (55-11) 3814-4600
www.editorabarcarolla.com.br

Para e com Julia, Tom e Ludi

AGRADECIMENTOS

Agradeço a Françoise Cibiel e a Catherine Duby-Kouchner pela leitura afetuosa.

Agradeço à turma de L.A. pela participação ativa na história: Stephane Sperry, Richard Horowitz, Denise Chamian, Nathalie Clément, Gene Rosow, Linda Lichter, Nick Marck, Gay Falk, Linda Post, François Velle, Steve Bessen, Roby Sobieski, Marie-Dominique Liot, Rachid Mouffadek, Chloe King, Claude Memmi, Sharon Waxman, Suzanne Fenn

Agradeço aos rapazes do Libération que alimentaram essas crônicas, François Sergent, Pascal Riché (em Washington), Fabrice Rousselot (em N.Y.), Marc Semo e a toda a equipe de Paris

All the leaves are brown
And the sky is grey...
I'd safe and warm...
If I was in LA...

"California dreaming",
The Mamas & the Papas

Hollywood, chegamos

Estamos no hotel há um mês. O Loews, na praia de Santa Monica, dando vista para o Pacífico. Um hotel kitsch, com palmeirinhas de plástico verde e a indispensável jacuzzi californiana. Digito meus artigos enquanto vejo passar a moçada de patins, que realiza suas evoluções com a elegância de profissionais, na longa pista que acompanha a beira-mar, desde a praia de Venice até a de Malibu. Umas coisinhas de pernas musculosas, numa boa forma espantosa, patinam empurrando seus recém-nascidos em carrinhos de bebê com toldo – em Los Angeles, só os nenéns não usam óculos escuros.

"Não há volta às aulas para crianças que moram em hotel", dispara Linda, a advogada de Hollywood, peremptória.

"E por que não?"

Eu não me importaria de ficar no quarto com *room service*, os filhos fazendo o dever de casa a um canto da mesa. Tão logo ponho o nariz para fora, o serviço de valete (especialidade local) me traz o carro com um sorriso. Enquanto as *news* desfilam pelas telas de tv, posso ler o jornal pedalando nas máquinas do salão de ginástica. É a própria bem-aventurança.

- Não dá pra ficar em hotel, repete o pai, à beira da crise nervosa e do estouro orçamentário. - As crianças precisam de estabilidade.

Logo ele, que nos arrastou para esta aventura exótica.

Estabilidade em vez de piscina e ar marinho? Com hambúrgueres sempre prontos (para os filhos) e margaritas geladinhas (para a mãe), que a gente beberica contemplando o vermelho do pôr-do-sol entre as palmeiras do Pacífico, o Loews é decadente, mas paradisíaco.

O sentimento de culpa vence a batalha, e a mãe desnaturada se lança enfim à busca de uma casa "de verdade". Mas onde? A cidade é imensa e incompreensível.

Adota-se uma rotina. Jogamos os filhos recalcitrantes no banco de trás, com um monte de gibis franceses, e vamos conhecer as casas, atividade essencial para os recém-chegados à cidade. Eu ignorava que, finalmente instalados, isso se tornaria uma ocupação permanente, um vício, o encontro semanal das *open houses* no domingo à tarde.

Domingueira, hora do almoço, os corretores imobiliários não param de trabalhar. Plantam um estandarte na rua e colocam uma placa para atrair o cliente à *open house*, a casa *aberta* que se oferece aos futuros compradores ou inquilinos, tal e qual uma prostituta que procura freguês. Entrada franca. O passante, o profissional ou o amador podem assim penetrar na intimidade das pessoas, porque afinal elas puseram a casa à venda. Para que possamos imaginar nossa vida futura entre essas paredes estrangeiras, as velas perfumadas difundem uma luz erótica, os sabonetes refinados estão dispostos ao redor da banheira, dessas com jatos borbulhantes, caso se trate de uma jacuzzi. A lenha falsa queima na lareira a gás.

Depois de algumas semanas, meus ouvidos experimentados reconhecem, ainda na rua, a música ambiente que toca nos alto-falantes e a fonte que jorra no jardim.

Sobretudo, as magníficas *agents* imobiliárias (de camiseta quase molhada por cima de seios gigantescos, inamovíveis, fixos, suspensos sobre o vazio) nos aguardam.

Meu filho tem horror a ver casa: "Tomara que hoje não seja domingo!", grita, desesperado. Nega-se a sair do carro, apesar do atrativo, para um frangote, daquela vista desimpedida para as corretoras siliconadas.

Logo no primeiro dia, estragamos nossa estréia em Hollywood.

Era verdade, mas não sabíamos disso quando, em pé, absolutamente perplexos, estávamos diante de uma casinha baixa e escura, numa rua majestosa onde as palmeiras desenham no céu uma sebe impecável.

"Vocês estão na rua mais chique de Los Angeles!", comunica a corretora. "Essa casa pertence... Olhem, nem estou autorizada a contar..."

Ela baixa a voz, como se fosse uma espiã que vendesse aos soviéticos os planos da mais recente usina nuclear.

"Os proprietários são..." Ela respira mais uma vez, antes de jogar o petardo: "Os pais de... Gwyneth Paltrow!"

Uau! Uma pessoa *normal*, em Hollywood, sacaria da caneta e

já iria assinando, em cima do capô mesmo, o contrato de locação. Ela correria a se mudar para aquela cabana de jardineiro dos pais de uma celebridade.

"Será uma oportunidade de conhecer pessoas, estabelecer relações...", continua a corretora, num tom que agora lembra o das boates de troca de casais.

Inquilinos de uma casa pequena e cara, sem piscina, sem palmeiras, sem hidromassagem, sem vista – sem esse mínimo para que não se seja considerado subumano nesta cidade. Mas *na rua mais chique*, onde teremos pouca chance de cruzar com os atores da *A-list*. Já que os americanos preferem as letras aos números (tira-se A, não 10, na escola, e toca-se a escala musical segundo não o do-ré-mi, mas o alfabeto), o ator que se encontre na *A-list* estará nos píncaros da glória em Hollywood. "A" é o máximo de "talento": pelo menos 10 milhões de dólares por filme.

Uma muralha de castelo medieval oculta o palácio da família da estrela, protegendo-o dos olhos dos passantes, dos fotógrafos e, claro, dos futuros vizinhos – de nós, portanto.

"Por que eles compraram essa casinha chinfrim se já têm uma mansão gigantesca?", pergunto enquanto contemplo a escura moradia de dois quartos que nos "oferecem". Nem tenho coragem de perguntar se a estrela ainda mora com a família.

"Para evitar que outros a comprassem. Desse jeito, resguardam a própria privacidade. Hoje eles a alugam. Mais adiante, vão demoli-la - em Hollywood, demole-se um bocado - para aumentar o jardim ou a piscina."

Para surpresa geral, nós nos recusamos a nos mudar para o buraco projetado da futura piscina.

Linda, que também é parte de uma *A-list*, aquela dos advogados mais poderosos do cinema americano, patrocina nossa entrada na órbita hollywoodiana. Ela não esconde o desapontamento: "Morar ao lado dos pais de Gwyneth Paltrow é uma *chance*... que não vai se repetir", avisa, ameaçadora. Tenho a sensação de que ela já se preocupa com nossa aptidão para o sucesso nesta cidade.

O caso se agrava. Na seqüência, rejeitamos a casa onde Kevin Kline dormiu algumas semanas – revestida de carpete violeta-fluorescente desde o chão até o teto, com lareiras falsas de pedra de araque e chamas de mentirinha, mas gás de verdade. Depois, uma casa onde uma das irmãs Arquette se divorciou; as janelas ficam tapadas por cortinas pretas, e câmeras de teto nos vigiam em todos os cômodos – entende-se por que o carinha deu no pé. Também deixamos passar outra chance de estar "ao lado de"... mudando para um bairro onde, dizem os corretores, paira a aura de uma celebridade - mesmo que a estrela, Whoppi Goldberg, tenha saído já faz tempo da casa-vizinha-daquela-que-deveríamos-alugar-de-imediato-se-tivéssemos-algum-juízo.

Não chegamos a nos decidir. A cidade, ao contrário dos corretores imobiliários, permanece esquiva. Descobrimos que Los Angeles é uma cidade que não existe.

Será que queremos morar na zona oeste, à beira do Pacífico, em Santa Monica, apesar daqueles casais esportivos obcecados pelo cooper, cujo jeito tão saudável nos deprime? Ou na zona leste, na direção da velha Hollywood, poluída, urbana e notívaga? Na zona norte, naqueles morros agrestes? Na zona sul, nessas planuras de subúrbios de classe média limpinhos e enfadonhos, à americana? Em Venice, um remake em miniatura da Itália, inventado por um incorporador pirado, com canais lamacentos e simpáticos como os da verdadeira Veneza?

Minha filha nunca conseguirá entender a linguagem cifrada, na base dos pontos cardeais, que usam por aqui. Em Paris, ela já era incapaz de dizer se o Sena corria para leste ou para oeste. Quando uma amiga de Los Angeles lhe explica um caminho ("Pegue a rua ao sul do Sunset Boulevard, siga dois quarteirões para oeste, a minha casa é a do norte do cruzamento"), é preciso depois ir buscá-la no outro lado da cidade ou teleguiá-la da maneira mais pormenorizada possível.

Na esperança de que não se perca mais, eu a lembro de que o mar fica a oeste (rumo do Japão) e de que, quando ela vira a cabeça no outro sentido e vê as montanhas, é o leste (rumo de Nova York). Não adianta nada.

Quanto ao pai, ele está FELICÍSSIMO. Ao volante de sua Ford Bronco 4 X 4 branca, de entregador de toras (veículo muito em voga em L.A.), ele beira o orgasmo quando dá as costas à praia e parte para a Pico Avenue numa cavalgada pela cidade: motéis rosados e verdes, carangas, muitas carangas à venda (novas ou "a preços de ocasião"), uma curiosa excursão pela Idade Média (?), um restaurante em forma de costela de porco que, para completar, anuncia no teto costelinhas à vontade, academias de artes marciais coreanas, guarda-móveis (muda-se um bocado em L.A.), motéis, mais motéis chinfrins, postos de gasolina, uma intrigante CLÍNICA DE PLANEJAMENTO FAMILIAR PARA ANIMAIS. E o Apple Pan, o berço histórico do hambúrguer em Los Angeles (aonde o pai vai todo dia comer suas fritas com maionese).

Após a travessia do inferno, a Pico se civiliza. À esquerda, os magníficos estúdios da Twentieth Century Fox, com seus sets que fazem sonhar; à direita, o magnífico campo de golfe municipal, gratuito, em plena cidade.

Depois a Pico vira o Brooklyn, com dezenas de sinagogas, de escolas judaicas, de delicatessen kosher, as famílias de traje formal que saem da oração no sabá.

Mais para leste, a Pico muda de cor, passando de coreana a hispânica e depois negra, irrompendo nos guetos das gangues, do crack e dos tiras corruptos.

O pai adora a Pico: "É Los Angeles, é a América".

E isso enerva visivelmente nossa família e nossos amigos parisienses, estupefatos com a notícia de nossa partida.

Minha prima Martine, médica e política, ex-comunista, ex-militante ecológica, bandeada para a direita, exclama: "QUE HORROR! Vocês não podem ir morar em Los Angeles, lá só tem boçal!"

Nova York eles adoram, aquilo não é a América. Ou San Francisco, é claro, magnífica naquela sua cerração romântica – as pontes, as colinas, os espaguetes, os cappuccini. Duas cidades idolatradas pelos franceses porque têm a cara deles, com suas feiras de frutas frescas, seus calçadões e – suprema experiência exótica nos Estados Unidos – seus metrôs de verdade.

Mas não Los Angeles, a Cidade dos Boçais! As palmeiras repetitivas, as dentições eternamente brancas, os conversíveis aos milhares, as estrelas velhas e jovens, os psicanalistas de cachorro, os cirurgiões plásticos. O sol e o céu azul, que queimam os neurônios.

Ouvi várias versões da mesma incredulidade quando falamos de nosso futuro avanço para o Oeste.

Meus amigos escritores, sempre no Café Flore (desde os tempos de Sartre): "Você, uma intelectual, como pode ir viver naquele deserto cultural?"

Minhas camaradinhas, ainda furiosas (desde 68): "Não vá! Lá, em matéria de sexo, você está fora do mercado depois dos trinta".

O chefe da editoria internacional do *Libération* (pensativo): "Do ponto de vista da atualidade americana, não acontece muita coisa no Oeste. A menos que venha guerra por aí..." (Premonitório.) "O Pentágono fica no Leste, mas os bombardeiros e os porta-aviões partem do Pacífico. Um problema: com a diferença de fuso horário, você não vai ter mais que duas horas pra nos passar uma matéria quente. Vai conseguir acordar às seis da matina?" (Cético.)

Meu gerente de banco (preocupado): "A senhora vai pagar seus impostos na França ou nos Estados Unidos?"

Minha querida esteticista: "Los Angeles é muito ruim pra pele. É preciso ficar se hidratando o tempo todo".

Os pais dos amigos de meus filhos (azedos): "Que legal, os moleques de vocês vão ser bilíngües. Vai ser uma vantagem pra eles no vestibular das grandes faculdades".

A sra. diretora do Collège Jean-Baptiste Say: "Será bom para as crianças ir viver fora, nos Estados Unidos... SE PASSAREM NO BAC[1]"

Os filhos: "E o cachorro?"

Meu amante: "E você volta quando?" (Não tenho amante.)

Todos: "Cê tá de gozação?"

Eu mesma não tinha acreditado. Empacotar a família e largar

nossa tranqüilidade parisiense? O pai queria encarar Hollywood, fazer cinema nos Estados Unidos, mudar de ares. Ele havia achado o ponto fraco: "Se não vamos embarcar em aventuras agora, não vamos mudar NUNCA MAIS. Imagine: cinqüenta anos na mesma rua, nos mesmos cafés, nos mesmos restaurantes, com as mesmas pessoas..."

A ameaça de envelhecer careta tinha funcionado.

Califórnia, o regresso. A costa oeste foram os anos 70 de minha juventude radical: revolução, feminismo, rock, sexo, drogas e outras experiências inúteis... Depois os anos 90, transformada em professora respeitável, convidada a dar conferências nos campi para estudantes pacificados. Por fim, os Estados Unidos das reportagens para o jornal: do Vale do Silício aos condenados à morte no Texas, passando por Philip Roth, o fechadão desagradável e genial; por William Styron, o ex-depressivo tão simpático; pelos neonazistas revisionistas, juntinho da Disneylândia; pelos multimilionários de Dallas (com Philippe Starck); pelas boates de troca de casais de Nova York (sem Philippe Starck); pelos bebês das lésbicas judias de San Francisco, nascidos por inseminação artificial; pelo *boat people* de Cuba quc chegava a Key West em bóias e pranchas de windsurfe.

E Los Angeles. Uma noite histórica em novembro de 1980: eu me vejo no meio de uma multidão no grande salão do Century Plaza Hotel, quando, de repente, o mapa dos Estados Unidos que está sendo projetado numa tela gigante muda de cor, passando para o vermelho do Partido Republicano. O ator de filmes B Ronald Reagan impõe uma derrota humilhante ao governante em fim de mandato, Jimmy Carter (que irá à desforra com um Prêmio Nobel da Paz, coisa mais classuda que o vulgar rótulo de ex-presidente).

No último minuto, tinham me enviado para a sede da campanha de Reagan em Los Angeles. Um segundo papel: no *Libération* da época, os especialistas em Estados Unidos não apostavam nem um dólar no ator fracassado. Os jornalistas sérios cobriam Carter.

À meia-noite, acho com dificuldade uma cabine telefônica no Century Plaza e dou a informação para Paris:

"REAGAN venceu!"

"Um caubói no comando do império americano? É a Terceira Guerra Mundial!", afirma secamente o redator-chefe – o mesmo que havia me enviado a Los Angeles para cobrir Reagan, o Perdedor, sem ter-se dado ao trabalho de me credenciar junto ao FBI para aquela noitada no QG republicano. "Vire-se", ele tinha me dito, para justificar a própria preguiça. "É sua obrigação de jornalista entrar mesmo quando a proíbem."

Exigir que eu transpusesse as barreiras de segurança do FBI em torno do futuro presidente dos Estados Unidos, quando todos os jornais já tinham, havia meses, obtido os passes oficiais de imprensa para seus repórteres, era algo digno dos testes estupidamente difíceis aos quais os candidatos se submetem para entrar nos Fuzileiros Navais americanos, na Legião Estrangeira francesa ou no *Survivor*[2].

Para arranjar crachá de imprensa, precisei me desfazer em lágrimas no escritório do chefe do FBI, tática humilhante mas às vezes eficaz (para as mulheres).

Reagan é eleito presidente e faz seu primeiro discurso para seus partidários no Century Plaza.

"Eu o acho muito bom de palco, mas até aí nada de mais – ele é ator", digo ao estrategista internacional em Paris, que não se digna a responder a uma observação tão inútil.

Ele já não me escuta, preferindo refletir sobre seu editorial, intitulado RUMO A TERCEIRA GUERRA MUNDIAL.

A qual não acontecerá, mas ninguém é perfeito.

Vinte anos depois. Dia 7 de novembro de 2000. Outra noite histórica em Los Angeles, ainda mais longa, ainda mais palpitante. Ao vivo, tendo em estéreo os comentários asterixianos de nossos amigos de Paris, pendurados no telefone: "Esses americanos são loucos". Paralisados em frente à tv, colados à tela, afundados nos sofás de nossa nova casa em la, com o amparo de uma caixa de garrafas de vodca, acompanhamos a grande história de suspense do terceiro milênio: quem venceu as eleições americanas? Gore? Bush? Bush. Mas não, não é possível! Socorro!

No meio da noite, *good news*: Gore se tornou presidente dos Estados Unidos. Felizmente, tínhamos nos munido de outras garrafas de vodca, pois a novela recomeça. Bush Júnior, o "W.", falso texano (a família é da costa leste), passa de novo à frente de Gore, vice-presidente que é de uma soberba inflexível. Os habitantes democratas da Flórida que não enxergam direito fizeram seus furinhos sabe-se lá onde. Diante de nós, sempre ao vivo, o sistema eleitoral americano fica lelé. Beiramos o delírio etílico, e Gore, talvez, o suicídio – ato que teria sido mais elegante do que bancar o mau perdedor que obriga infelizes voluntários a recontar infinitamente todas as cédulas, com risco para a própria saúde deles.

O suspense não termina naquela noite, ele continuará por semanas de batalha judicial. Exaustos, vamos todos deitar. Bush II, tal qual seu papai, será presidente.

Em Los Angeles, eu tinha conhecido George W. quando era apenas candidato. De camisa rosa e olhar bastante malicioso, Bush Júnior não parecia tão boçal quanto diziam. Aliás, durante a campanha presidencial, ele havia se empenhado na Califórnia, esperando fazer pender para seu lado esse estado democrata, que tem o maior número de eleitores: veio pescar os votos dos novos cidadãos hispânicos, o que ele tinha conseguido no Texas, onde havia sido eleito graças aos latinos católicos e conservadores. Devia pensar consigo mesmo (falo por ele): "Vou dar duro aqui na Califórnia, o que talvez não funcione nestas eleições, mas eu já estou trabalhando para 2004, quando os latinos serão maioria no estado". Não estava errado. Hoje, as previsões para a próxima disputa presidencial o dão como vencedor na Califórnia.

Os eleitores democratas da Califórnia votaram em Gore, sem entusiasmo. Teriam preferido reeleger Bill (Clinton), apesar de suas escapadas e seus charutos. No palco da convenção democrata em Los Angeles, o puritano do Gore tascou um beijo de língua na *própria* mulher, e não numa estagiária de vinte anos, e não teve coragem de pedir ajuda a Clinton – o vice não percebeu que o povo, menos certinho que ele, já havia perdoado o presidente. Ademais, os estrategistas do Partido Democrata empacaram, negligenciando a Flórida logo quando esse estado iria eleger o futuro presidente.

Muitas vezes, os democratas americanos fazem lembrar os socialistas franceses, que, às vésperas do primeiro turno da eleição presidencial de 2002, não compreenderam que o céu cairia sobre suas cabeças.

1 Ou baccalauréat, o exame de conclusão do secundário na França. Sem ter sido aprovado nele, não se vai para a faculdade. (N.T.)

2 O reality show que, por aqui, virou No limite. (N.T.)

Zero de comportamento

"NÃO DÁ PARA FICAR O ANO INTEIRO NO HOTEL". Mas continuamos no Loews.

Num dia quente do outono californiano, meu filho e eu, no elevador, de sandália e traje de banho, praticamente nus, rumamos para a piscina. As portas se abrem, e uma multidão extremamente produzida se precipita para o elevador: os homens de terno preto e chapéu, as mulheres de vestido de seda brilhante, os rapazinhos de uma beleza sombria, o solidéu na cabeça. É o ano-novo judaico, e o Loews, durante dois dias, se transforma em sinagoga iraniana.

Na entrada do hotel, os carrões alemães despejam famílias que se beijam e se interpelam numa língua que não entendo. Claro: é persa. Os judeus iranianos exibem um sucesso cintilante, comparados ao qual os Rolex de ouro de Deauville dão até pena[1]. Os pais são comerciantes de tapetes, os filhos se tornam médicos, advogados ou donos de boate. Muito religiosos, arrendam o palácio à beira-mar para as festas judaicas do Rosh

Hashana e do Yom Kippur. Estamos bem longe dos locais de culto dessa comunidade milenar, lá dos confins do Irã.

"Venha, vamos nos vestir", digo baixinho a meu filho, paralisado como eu, agarrado à toalha dele.

Alguns minutos depois, agora vestidos de judeus ortodoxos (ele de camisa branca com livro de preces e quipá, eu de saia quase normal e meias transparentes, apesar dos trinta e poucos graus), estamos prontos para dar um mergulho na religião.

Seguranças com físico de leão-de-chácara de danceteria bloqueiam o acesso ao andar da sinagoga persa.

"Vocês precisavam ter pagado antes, não podemos tocar em dinheiro neste dia santo", explicam-me os responsáveis (chamados pelos seguranças). Trajados de preto, dirigem-se a nós como se falassem com nativos da Papua-Nova Guiné.

"Somos da França, de Paris, ainda não conhecemos ninguém em Los Angeles", digo, bancando a coitadinha, querendo entrar na sinagoga com a determinação de fãs dos Stones que não têm ingresso para o show.

E acrescento:

"Somos judeus. Franceses".

"JUDEUS FRANCESES?", repetem, perplexos, os persas, descobrindo uma tribo desconhecida e pouco verossímil. Acabam se deixando convencer a conceder asilo para esses refugiados da Europa ocidental, e vamos ouvir, sem entender patavina, os cânticos e os discursos em farsi – satisfeitos com essa pequena injeção de tradição ancestral à beira do Pacífico.

A exuberante comunidade persa, alta burguesia de Los Angeles, não compreenderá o que lhe acontecerá no começo de 2003: os serviços de imigração e o FBI, tomados de um ardor tão paranóico quanto ignorante, prendem centenas de irano-americanos (apenas os do sexo masculino) sob o pretexto de examinar seus vistos de permanência. Se agora o FBI se preocupa com o perigo terrorista que representam aqueles jovens judeus que tinham fugido do Irã islamista, então Bin Laden pode rolar de rir lá nas cavernas dele.

Muitos domingos depois.

Acabamos encontrando o amor à primeira vista, não pela corretora imobiliária, mas por uma casa de sonho hollywoodiana na colina, dotada da indispensável piscininha jacuzzi e da vista para Los Angeles, dando para o Sunset Boulevard, com seu ruído e suas casas noturnas que oferecem música ao vivo. Em plena cidade, na região de West Hollywood. Por puro acidente, moramos ao lado de uma "celebridade". Disso não se escapa. Sem sabermos, estamos na rua discreta onde mora "a lésbica mais famosa da América", como orgulhosamente explico a todas as visitas chegadas da França: Ellen DeGeneres, a primeira atriz a ter anunciado, ao vivo em seu talk show, que era gay. Ela se tornou o ídolo da comunidade homossexual americana.

Empoleirados em nossas lixeiras, ficamos sabendo, antes da imprensa sensacionalista, que Ellen havia rompido com a *girlfriend* (logo depois de ter declarado publicamente que as duas iam se casar): um guindaste gigantesco veio retirar os pertences da ex-noiva. Eu até poderia ter conseguido esse furo nacional, mas seria coisa que não se faz entre vizinhos ilustres neste bairro chique de West Hollywood.

No primeiro dia de mudança, minha filha, recém-chegada de Paris, logo se impõe sobre a mãe:

"Já que é assim, vou para casa andando", diz ela, imprudente.

E salta do carro no pé do morro.

Meia hora depois, chega em casa, suada, exausta, desvairada:

"Aqui não tem calçada. Por pouco não sou atropelada por todos os carros. E todos os caras paravam, achando que eu fosse puta – porque era a única que estava andando sem cachorro!"

"Andar na rua" será uma experiência que não se repetirá. Nos bons bairros de Beverly Hills ou West Hollywood, pedestre é suspeito. A menos que use calção, tênis Nike e óculos escuros Armani e esteja fazendo cooper.

Quando não treinam a maratona nas esteiras elétricas das academias (às vezes no meio da noite), os corredores preferem fazer cooper entre os canos de escapamento ao longo das avenidas de Los Angeles. Acho que, desde que largaram a nicotina, querem mais é morrer asfixiados por monóxido de carbono. Mais romântico, o esqui cross-country é também um esporte bastante difundido nas épocas de canícula, sendo praticado nas academias de ginástica com ar condicionado, onde a gente acaba até se resfriando.

Em nossa rua, de frente para nós, mora outra personalidade de Hollywood: Janie Woolf, senhora simpática, há séculos especializada na crônica social e televisiva. Graças ao marido, alto executivo bancário que sai às cinco da manhã para estar no escritório quando abre a Bolsa de Nova York (às nove e meia, horário da costa Este), não temos necessidade de toque da alvorada. Sobretudo às quintas, dia sagrado da reciclagem californiana, quando os caminhões de lixo verdes (que eu detesto) sentem-se obrigados a vir de manhãzinha (por quê?) para buscar garrafas, jornais e quinquilharias de plástico. Isso quando já se teve uma noite maldormida, o sono sempre perturbado pelo som delicioso de outro veículo, o do entregador do *New York Times*, que à meia-noite em ponto, com extraordinária destreza, joga o jornal por cima da grade, toda vez me fazendo mergulhar num terrível dilema: sair da cama para ir pegar o jornal? Ou esperar até de manhã, sabendo que as notícias já estarão ainda mais ultrapassadas?

Achamos casa, é verdade, mas *depois* da volta às aulas. Por isso, o mais novo apareceu de mochila às costas, ante o ar surpreso dos porteiros do hotel, para ir à nova escola. De uniforme. O Lycée Français de Los Angeles confundiu as palmeiras da Califórnia com a relva dos campos ingleses, ou não se deu conta de que estamos numa sociedade ocidental do terceiro milênio: o colégio tem essa estranha idéia de uma França que usa blazer azul, gravata vermelha e calças cinza. Ou saia plissada e meias três-quartos para as meninas.

"NUNCA!", urra minha filha, dezesseis anos, trajando camiseta furada e jeans saint-tropez de cintura baixíssima, quando informo, na véspera da volta às aulas (o mais tarde possível), que ela terá de usar a tal saia e as tais meias.

"Não tem jeito", explico. "Só existe um colégio francês em Los Angeles."

"NUNCA. De jeito nenhum. Quero voltar pra França."

E ela vai se fechar em seu quarto (de hotel).

Como convencer uma parisiense, criada nas escolas laicas e

republicanas, para quem Los Angeles é o seriado *sos Malibu/ Baywatch* (gente jovem e bronzeada que certamente vai à escola de maiô), de que ela precisa fazer papel ridículo usando saia plissada de flanela cinza e meias três-quartos de náilon azul-marinho, num calor de 35 graus à sombra?

Impossível.

A situação já parece sem saída quando, finalmente, tenho um estalo. Enxergando o *bac* se afastar do horizonte, eu, num gesto desesperado, corro à tinturaria para transformar a saia abaixo do joelho em minissaia com bainha na risca da periquita. Tal atitude nos custará caro, mas ainda não sabemos disso. Enquanto espero, passo à ofensiva diplomática e lanço uma campanha de desinformação para fazer o inimigo voltar à escola:

"Pense no seu *bac*..." (Não dá certo.)

"Isso logo passa, e ninguém de Paris vai ver você de uniforme..." (Já mais convincente.)

E meu último curinga:

"Aqui na Califórnia, com dezesseis anos, você pode ir sozinha para o colégio... Vamos te comprar um carro..."

A idéia de estar ao volante da própria caranga, ouvindo a própria música, e se mostrar para os amigos de Paris, que precisarão esperar mais dois anos antes de serem reprovados no exame de habilitação, acaba por fazê-la engolir o uniforme. Objetivo: o carro.

Basta freqüentar a auto-escola e encarar o exame. E passar.

Numa sociedade tão pragmática, é espantoso ver que a auto-escola obrigatória para adolescentes tem mais escola que auto. São dezenas de horas vendo fitas sobre as regras de circulação, com esta proibição repetida até enjoar: nem uma gota de álcool, ou a perda imediata da preciosa habilitação.

Só quatro horas na direção para valer. Depois, jogam-se os jovens nessas vias onde rodam vários milhões de carros por dia (felizmente retardados por engarrafamentos crônicos), tendo aos volantes um povo de motoristas que telefonam, bebem Coca-Cola, ouvem rádio ou estão meio adormecidos. E que não sabem absolutamente dirigir.

Um povo do qual minha filha fará parte.

Eu a levo para fazer seu primeiro exame de habilitação, em meu velho Volvo. Embevecida, nervosa, eu a vejo se instalar no banco do motorista, pôr o cinto, mostrar ao examinador chinês que ela consegue acender os faróis no caso de um anoitecer inesperado. E arrancar.

Não tenho tempo de ler as manchetes do *Los Angeles Times* que trouxe comigo, nem, aliás, de desdobrar o jornal. A candidata arrancou tempestuosamente e, dez metros adiante, passou raspando por um nativo, que atravessava a rua com aquele ar confiante dos pedestres americanos, os quais sabem que os motoristas param para deixá-los passar. O habitante de Los Angeles, salvo por milagre, sobreviverá ao choque cultural. Já o examinador chinês não vai se recuperar. Ele me devolve a filha, sem lhe dirigir a palavra, rasurando de um vermelho violento o resultado final.

"Que injustiça!", ela diz, em lágrimas, no banco do passageiro, mas fico aliviada com essas poucas semanas de alívio.

A habilitação exigirá várias tomadas, como se diz nos estúdios de filmagem. A ponto de termos um flashback: a menina de cinco anos que falha no teste de esqui pela terceira vez, com os pais à beira da depressão, prestes a darem discretamente uma graninha à escola de esqui para que se evite outra desonra. Mas não precisamos sacar da carteira: a filha acabará conseguindo passar no teste de esqui e no exame de habilitação, vencendo pelo cansaço.

Não de todo irresponsáveis, os legisladores californianos, cientes das estatísticas sobre os acidentes causados pela molecada de dezesseis anos, até procuraram limitar o estrago. Os adolescentes deixados ao volante do primeiro carro não podem transportar menores de quinze anos – exceção feita aos da própria família! Portanto, toda manhã o infeliz irmão irá para o colégio, sentado no banco do passageiro da frente[2], apavorado. Cinderelas modernas, os teens estão proibidos de dirigir após as doze badaladas da meia-noite.

"Ah, mas estes bombons têm licor! É perigoso? Será que não é álcool demais?", pergunta-me, preocupada, Eva, amiga de minha filha, igualmente recém-aprovada no exame de habilitação, antes de devorar a caixa de chocolate.

Por cortesia, Eva se propõe a transportar toda manhã em seu carro novo um colega de classe que se enquadra na categoria "Sou parisiense e odeio Los Angeles". O rapaz, de dezessete anos, recusa-se a ter celular e fazer o exame de habilitação, atitude suicida numa cidade onde apenas os latinos (faxineiras e jardineiros) pegam ônibus (dirigidos pelos negros). A proposta de andar de carro novo com uma motorista, sem outra pressão que a sexual, é irresistível. O rapaz aceita, agradecido.

Ele se casarão e terão muitos filhos?

De jeito nenhum, isto não é roteiro de desenho animado. Na Hollywood de verdade, universo cruel de agentes, advogados e contratos, as relações humanas não são sentimentais, e não se teme um final catastrófico.

"Precisei assinar um documento...", confidencia-me, não muito à vontade, a mãe do moço, quando falamos da vida dos teens em Los Angeles.

"????"

"Eu me comprometi por escrito a não apresentar queixa contra a Eva caso o meu filho se machuque a caminho da escola no carro dela. O pai dela exigiu que eu assinasse esse documento antes que a menina viesse buscá-lo."

Fico abismada. Não consigo imaginar aquela mãe a levar a jovem motorista, ou o pai dela, aos tribunais para recuperar uns tostões. Além de dona-de-casa, ela é cônsul da França.

Sugiro um contra-ataque.

"Da próxima vez que ele vier jantar na sua casa, você lhe apresenta um documento na hora do aperitivo, na frente de todos os convidados, e exige que ele assine: 'Eu me comprometo a não apresentar queixa em caso de azia, queda na piscina (após ter sido empurrado) ou mão do barman na minha bunda'."

Eu não levava a sério essa obsessão maníaca com as garantias jurídicas – até o dia em que as crianças fizeram a primeira festa em nossa casa e a ameaça se concretizou.

Enquanto dança, uma amiga de minha filha perde (ou deixa roubarem) a máquina fotográfica que leva na bolsa. Vasculhamos a casa toda, para nada. Na manhã seguinte, quando o dia ainda nem nasceu direito, recebemos um telefonema de pais chiques e ricos de Beverly Hills. Para eles, somos culpados:

"Vocês vão ter que pagar pela máquina que roubaram aí", informam-me num tom desagradável. "Era novinha, custou quatrocentos dólares."

"Vai, pode dar queixa", respondo, já habituada aos costumes locais, e pronuncio a frase mágica: "Eu chamo o meu advogado".

ADVOGADO. A palavra faz esses ricos darem para trás, pois não esperavam encontrar tal resistência. De súbito, lembram que o seguro cobre o roubo da máquina.

De todo modo, nunca mais deixei os adolescentes sozinhos nas farras em casa depois daquele dia, em outubro de 2002, em que uma respeitável dona-de-casa pegou quinze anos de prisão porque, durante uma *party* em sua residência, os amigos dos filhos trouxeram cerveja às escondidas. Na saída, foram dirigir e morreram no caminho. Os pais deram queixa: menor de 21 anos não pode beber, ela deveria ter vigiado os jovens etc.

A dona-de-casa apelou da sentença, mas a história é preocupante.

Nesse clima de terror jurídico, já não causam espanto os contratos pré-nupciais, de um romantismo absoluto, em que o futuro marido, enlouquecido de amor, faz primeiro a noiva jurar, na frente de um tabelião, que ela não vai lhe roubar o dinheiro, as casas, os carros, a prancha de surfe, o cachorro.

Aliás, é preciso reconhecer que a cidade está repleta de divorciadas ociosas que ficam o dia inteiro fazendo compras na Rodeo Drive (em Beverly Hills), consolando-se nos braços de seus personal trainers enquanto os maridos, arruinados pela pensão alimentícia, vão-se embora com alguma coisinha que têm idade para ser filha deles. Tresloucados pelas reivindicações financeiras das ex-esposas, já vi maridos dispostos a tudo.

Foi assim que nosso amigo François Velle, cineasta, encontrou uma casa sensacional no Sunset Boulevard. Ele teve uma oportunidade única: o dono havia feito uma obra de luxo, e, quando a casa ficou pronta, a mulher pediu o divórcio, exigindo metade da venda do domicílio conjugal. O marido, muito aborrecido, resolveu jogar sujo com a futura divorciada rica: colocou a casa à venda. Por acaso, François foi o primeiro interessado a olhar o imóvel. Espantado com o preço demasiado baixo, ele ficou matutando no porquê: a casa teria sido construída sobre a falha geológica que produz terremotos na região? Ou estaria roída pelos cupins?

"Estou vendendo o mais barato possível", explicou o dono, histérico e furioso. "É um dinheiro em que a puta da minha mulher não vai pôr a mão."

François comprou a casa.

Eu daria com prazer o Oscar de "marido mais enervado pelo divórcio" a um cirurgião plástico de Beverly Hills, pai de numerosos filhos e de ainda mais numerosos seios siliconados. Largou tudo, o consultório famoso, a filharada, as ex-mulheres, e fugiu. Para Cuba. "Antes o comunismo que a pensão alimentícia!", gritou, feliz da vida, sumindo então nos braços de Fidel.

Resignados, logo nos disporemos a assinar de modo automático todo tipo de documento escandaloso: "sim, declaro que renuncio a prestar queixa se o cirurgião deixar meu filho morrer durante a operação de apendicite, ou se o anestesista esquecer de reacordá-lo, ou se minha filha for atropelada durante uma excursão da escola, ou se ela se afogar na aula de surfe, ou se eu não sobreviver à limpeza elétrica de meus dentes por um dentista desastrado..." Em resumo, podem nos matar (por erro, incompetência ou acidente), mas assinamos que ninguém é responsável por nosso destino (eventualmente fatal). Em contrapartida, se não pagamos a conta do médico, todo o peso da lei nos cai rapidinho sobre a cabeça.

Nessa visão de pesadelo do melhor dos mundos jurídicos, é preciso restabelecer alguma humanidade. O bom dr. Richard Horowitz, madrugador como muitos habitantes desta cidade, ignorando o conceito de fim de semana e de "ponte", está sempre pronto a vir nos auscultar em casa (e beber uma taça de vinho, se é um Châteauneuf-du-Pape). Muitas vezes, "esquece-se" de cobrar, é preciso insistir. Ao contrário, acha normal nos dar presentes, talvez para agradecer termos aceitado de boa vontade sermos tratados gratuitamente por ele. Assim, Richard nos manda champanhe ou foie gras, deixando junto, se lhe pedem, algumas amostras de Viagra. Por outro lado, cobra bem caro dos produtores de tv para selecionar candidatos e avaliar as chances de sobrevida (real, não televisiva) dos participantes do programa *Survivor* que estão de partida para a tal ilha deserta. Não é a exceção francesa. É a hollywoodiana.

1 Situada na costa do canal da Mancha, Deauville é um balneário famoso, talvez o mais luxuoso da França. (N.T.)

2 No original, esse banco é designado pelo sugestivo nome francês: la place dumort, "o lugar do morto". (N.T.)

O amor com benefícios

"Eu odeio L.A. e odeio o show business!", dispara Peter Mehlman, no meio do jantar de Rosh Hashana na casa de Sharon Waxman, a brilhante jornalista do *Washington Post*.

Falar mal da própria cidade é um esporte entre os nativos – "Los Angeles, a cidade que a gente adora odiar". Eles sonham com Nova York ou Paris até morrerem, mas continuam colados a L.A. por uma estranha atração gravitacional.

E a turma do cinema adora odiar Hollywood. Os especialistas sabem que Peter é um dos homens mais engraçados de Hollywood, a versão costa-oeste de Woody Allen. Ele escrevia a famosa série *Seinfeld*.

"Eu detesto Hollywood!", prossegue, com a ingratidão de multimilionário do show business.

Está sentado à nossa frente, em seu uniforme de noitada chique em Hollywood: jeans, tênis branco, camiseta preta, boné. Ao fim do jantar, já nos convenceu a comprar uma casa vizinha à sua, em seu canyon de Santa Monica, onde sopra o vento do Pacífico.

"De manhã, saio pra correr com os meus cachorros na praia no fim da rua", diz Peter, com emoção. "É uma coisa mágica."

É um exemplo perfeito da esquizofrenia do nova-iorquino que odeia L.A. – onde ele mora há décadas.

Afinal, o que continua fazendo por aqui?

"Vim pra L.A. quando rodavam *Seinfeld*", explica. "Eu tinha que estar no estúdio."

Hollywood não recua diante de nada: Jerry Seinfeld e seus três amigos, típicos nova-iorquinos neuróticos daquele jeito que a gente adora, perambulam, cobertos com casacos e cachecóis, desde o apartamento no West Side até a delicatessen, pelas ruas de uma Nova York de papel-machê, entre duas palmeiras nos estacionamentos da cbs, com quarenta graus à sombra. Tudo nesta cidade abominada por Woody Allen, sem calçadas e sem invernos.

Peter detesta Hollywood. Hoje, ele propôs uma nova série a um chefão de estúdio.

"Pois bem, é a história de uma moça... Ela se considera a reencarnação de Freud", começou, entusiasmado, a explicar para o manda-chuva.

"Ahn... Não acho que isso seja para o grande público...", foi a resposta.

"E por que não? É uma história genial."

"O nosso público não sabe quem foi Freud..."

"Tudo bem, a gente ensina", rebate Peter, que acha que a solução se aplica também ao chefão do estúdio.

Nada feito. Os estúdios têm suas próprias idéias, mais brilhantes que a de ressuscitar um tal Sigmund Freud na pele de uma jovem americana.

O *top executive*, que leu um livro, ou o resumo dele na Internet, sugere:

"E se fizermos outra coisa, com uma heroína com que as donas-de-casa do Meio-Oeste possam se identificar?" Parece até que estamos na tv francesa. "Vamos readaptar *O conde de Monte Cristo*? Só que o conde será MULHER. Isso vai agradar aos jovens."

Os estúdios adoram os jovens, as atrizes jovens, os roteiristas jovens, os produtores jovens, os agentes jovens.

Peter (que não é mais jovem) não gosta dos jovens de Hollywood: segundo ele, só querem saber de grana.

Sempre atrasados, os estúdios demoraram a perceber que os *baby-boomers*[1] de mais de cinqüenta anos estão em plena forma. Eles pararam de fumar, praticam esportes, estão no terceiro casamento, têm bebês, tomam Viagra – e vão ao cinema. São cinéfilos fiéis, ao passo que os jovens preferem ficar em casa com seus videogames e seus DVD.

Os estúdios agora descobrem que os teens ainda vão ao cinema para flertar tranqüilamente no fundo da sala de exibição, lançando um olhar distante para as perseguições de automóvel, as competições de surfe (ou de skate), as palpitantes histórias de beijos de língua (*French kisses...*) que se contam nos vestiários de colégios americanos... Mas fazem isso cada vez menos.

Peter, *live in L.A.*, nos confia sua verdadeira nostalgia de nova-iorquino.

"Aqui tem sexo, MUITO SEXO, mas nenhum erotismo. Já em Nova York..." Sorriso de felicidade. "Você anda na rua, cruza o olhar com alguém... É uma troca erótica. Em Los Angeles, tente olhar alguém no olho: vai bater o carro na mesma hora."

Logo depois de algumas preces, o jantar do ano-novo judaico foge ao controle. De súbito, a palavra "sexo" desperta a atenção da molecada, que se entedia ao redor da mesa.

"É verdade", diz minha filha, intervindo no debate sobre o erotismo. "A única coisa que interessa aos meninos da minha idade que conheci aqui em L.A. é ser *friends with benefits*."

"Amigos com *benefícios*? Isso quer dizer o quê?", pergunta o pai, sem pensar.

"Você não sabe?" Ela cai na gargalhada.

Obviamente, todos os jovens, aí incluído seu irmão de treze anos (ou sobretudo ele), sabem do que se trata. Minha filha se põe a discorrer sobre os benefícios. Ninguém conseguirá fazê-la parar.

"Negócio seguinte: a gente é amigo. Nem é namorado, nem tá junto – ou seja, só é amigo. Mas com benefícios. A gente faz tudo menos sexo... Sexo não, só boquete."

A argumentação de Clinton fez estragos: BOQUETE É SÓ BOQUETE, NÃO É SEXO. No fim das contas, o presidente Bill seria um teen americano como os outros?

"Você acha isso uma coisa igualitária?", pergunto, pensando em nossos movimentos de liberação feminina. Se o que alcançamos foi essa "liberação", será melhor dizer que perdemos a batalha.

Minha filha pondera, pensativa. O irmão, mais inexperiente, enxerga o problema e propõe uma solução de fair-play:

"Bom, o cara pode comer a mina com o dedo..."

Os convivas ficam vermelhos, eu desato a falar de Israel e da Palestina, certa de conseguir um debate interminável até a hora de ir dormir.

Esse foi apenas o começo das descobertas sobre a sexualidade adolescente americana no terceiro milênio.

O choque seguinte: uma ida ao Leo Baeck Temple, aonde procuramos enviar as crianças para que elas se interessem pela vida da comunidade local. Nessa sinagoga progressista (Leo Baeck foi um expoente do movimento judaico liberal na Alemanha), os rabinos são corajosos e esquerdistas, não hesitando em exprimir, nos sermões dos dias santos, o desejo de que se crie um Estado palestino junto do Estado israelense.

Somos convidados a uma reunião noturna organizada pelos jovens da sinagoga, e me resigno a ir – já boicotei o acampamento de fim de semana dos pais, com a mulherada numa cabana, os homens na outra, a cantoria em volta da fogueira...

Não conhecemos ninguém ali, mas o rabino pede a todo jovem que apresente sua respectiva família. Um de cada vez, os rapazes e moças se levantam e recitam um organograma complicado.

"Estes são o Joe, meu pai, e a Wendy, minha madrasta. Minha mãe, a Rebecca, e minha meia-irmã, a Olympia..." Estão todos sentados à mesma mesa, sorridentes.

"A Linda é minha mãe, o John é meu padrasto. E aqui estão minha avó Tanya e... ahn... o novo marido dela... o Ken..."

Um rapaz é ainda mais moderno:

"Esta é minha mãe, a Kathy, e esta é a namorada dela, a Cris..."

Nossos filhos parecem antiquados, quase pobres, com sua família tão reduzida, tendo vindo com o pai e a mãe (casados um com o outro, sem nem sequer serem um casal misto, em que um dos dois é convertido ao judaísmo), sem nenhum meio-irmão ou irmã postiça. Isso não é lá muito Hollywood.

Os pais escutam religiosamente (estamos numa sinagoga) os teens no púlpito, que prepararam textos para reflexão.

Sem nada de surpreendente nisto, a discussão se volta para Israel, o judaísmo, o povo judeu... Depois: "A religião é importante em nossa vida? O que significa hoje ser judeu nos Estados Unidos?" E, de repente, o professor de hebraico pede uma demonstração de sacrifício àquela juventude judaica americana:

"Vamos imaginar que este ano a final do campeonato de beisebol caia na mesma data que o Yom Kippur. E que vocês tenham três belos ingressos para a partida. O que vocês farão nesse caso?"

O silêncio dura pouco. A resposta dos *boys*, sem hesitação: IR AO JOGO. O professor de hebraico, decepcionado, relança a discussão sobre a Bíblia, o sentido da mensagem filosófica, a moral... Ele estimula os jovens a se manifestarem.

Eva, magnífica californiana bronzeada e musculosa, começa então, no tom sério que conviria a uma interrogação sobre a existência de Deus:

"Eu gostaria de falar de uma coisa que me preocupa. É o seguinte... A gente precisa MESMO fazer boquete nos meninos no banheiro? Até aqui no templo?"

Criada numa família de judeus ortodoxos, eu caio da cadeira. Mas, sob a abóbada da sinagoga, ninguém se abala

com a pergunta.

"Quem não faz isso, não é cool", explica Eva, séria, calma e racional.

Ao lado dela, sentados na tribuna, os rapazes olham suas folhas de papel, mexem nervosamente em seus lápis ou encaram seus tênis. As outras moças se revezam para pegar o facho (se podemos dizer assim), estendendo-se sem parar sobre as pressões sutis e indiretas dos amigos do sexo masculino. Perplexos. Uma facção acha que é preciso ser cool (a linha Clinton), nada de fazer drama com isso. A outra facção adota a linha da recusa, resumida nesta frase de camiseta: "Quando eu digo não, é não".

Ficaremos nessas posições. Termina a reunião. Sinto voltarem impulsos ancestrais de feminismo – em mim, não nas meninas. O terceiro milênio promete ser duro.

1 Os americanos nascidos entre 1945 e 1946, quando os Estados Unidos conheceram uma explosão demográfica (baby boom). (N.T.)

Crônica social

"Onde estão as celebridades?", perguntam todos os amigos que vêm nos ver de Paris. "Onde fica Hollywood? Por que não dá pra ver o tal letreiro branco no morro?" As celebridades, Hollywood e a praia (*uma praia é uma praia é uma praia*, diria Gertrude Stein, lúcida) são o chamariz ao fim das onze horas de avião (no mínimo) e das nove horas de diferença de fuso horário para os parisienses que se dirigem a Los Angeles.

Quando estou com humor sádico, eu os faço alugar um carro no primeiro dia e os mando para leste para procurar as placas de HOLLYWOOD nos engarrafamentos dos bairros degradados, entre prédios arruinados e lojas de camisetas para turistas. Algumas horas e cinqüenta quilômetros depois, eles ainda estão zanzando por aí, perdidos nos guetos negros ao longo das vias expressas gigantes.

E, quando me pedem a praia com insistência, eu os arremesso para oeste: "Peguem o Santa Monica Boulevard. Vocês vão ver que, no meio da avenida, ainda estão os trilhos da linha que vinha de Nova York pro Pacífico. Os trilhos não foram todos retirados, e os que ficaram estão lá, enferrujando na grama, na faixa central. É a antiga Route 66, a histórica, aquela da travessia da América, como nos álbuns do Lucky Luke. Aliás, os fabricantes de automóveis e os produtores de petróleo texanos, do mesmo jeito que os irmãos Dalton, atacaram os trens – a golpes de lobby político – e conseguiram mandá-los pro ferro-velho. A praia é no fim do Boulevard, debaixo das palmeiras. Mas é longe. E lá faz mais frio que aqui em West Hollywood. Vocês preferem mesmo ir lá a ficar aqui com a piscina aquecida?"

Desnorteados pela diferença de fuso horário, os franceses não se apercebem do sentido da palavra "longe" em Los Angeles. Nem de "mais frio". Nós os resgatamos à noite, cobertos de bolhas, tostados pelo mormaço da praia, resfriados (não levaram agasalho), decepcionados com o mar (glacial), esgotados pela viagem de carro.

De resto, após essa aventura única, eles ficarão colados em volta da piscina, ao sol, lendo a imprensa francesa, comentando os últimos discursos de Bush na TV, fumando em paz seus maços de cigarros (proibidos em todos os lugares públicos do estado), provando nossos vinhos californianos.

Tentamos em vão convencê-los a visitar um museu, o Norton Simon, a maior e mais interessante coleção particular de arte do mundo, escondida dos estrangeiros que não se aventuram a Pasadena e se limitam ao John Paul Getty, uma espécie de Disneylândia cultural empoleirada acima da via expressa (com uma vista magnífica e resguardada, é verdade). Sugerimos também visitar a nova e imponente catedral, Nuestra Señora de Los Angeles, ou a nova ópera *downtown*. Mas, afora uma corajosa investida em grupo rumo ao shopping, para uma pesada injeção de compras antes da volta a Paris, eles se grudarão feito cracas à piscina.

"Não entendo", diz o pai, preocupado. "Esses parisienses dinâmicos, inteligentes, filósofos, críticos de arte, arquitetos, jornalistas... Viraram uns zumbis. Será que foi o fuso horário? A Califórnia? Los Angeles? A gente?"

Tendo vegetado o dia todo, superbronzeados, eles emergem ao cair da noite ("Ainda faz sol!"), em plena forma para irem à cidade. É aí que nos fazem A PERGUNTA: "Onde estão os artistas de cinema?"

Lição 1: como reconhecer uma celebridade. Ela (ou ele) está bem sujinha, de jeans, agasalho esportivo ou simplesmente pijama. Para os homens (sempre com a barba por fazer), camiseta cinza-mescla. Para as mulheres, o branco amorfo e as sandálias de dois dólares com jeitão de pantufas. O boné de caminhoneiro ou boleiro, enfiado até o pescoço. Costumam se enfear com óculos de velhinho, fundo-de-garrafa. Steven Spielberg, na lista dos homens mais ricos dos Estados Unidos, não vê razão para comprar outro tênis ou blusão de couro. Com sua barba grisalha, cultivava o visual sem-teto (limusine à parte) da última vez que o vi, quando veio exibir seu filme *Prenda-me se for capaz* com o belo Leonardo.

Sentados no restaurante Clafoutis, no Sunset Boulevard, vemos todos dias alguns desses desleixados passarem na rua – Brad Pitt, Julia Roberts, Goldie Hawn, Jodie Foster... Os franceses então soltam um grito de decepção.

Já a falsa celebridade está sempre na maior estica, usando

óculos escuros desde as sete da matina. *For the boys*, camiseta Armani colada aos músculos peitorais (desenvolvidos pela cirurgia plástica). *For the girls*, o sutiã-maravilha triplo (igualmente inflado pela bomba cirúrgica). A falsa celebridade a gente vê de longe, porque ela cintila. A verdadeira é apagada, invisível. Em LA, as duas coabitam nos mesmos cafés, os Starbuck onde elas se entregam ao culto religioso dos cappuccini, já tendo sido há muito esquecido que estes foram inventados na Europa.

Se houvesse uma virada em minha carreira, eu aceitaria escrever não para o *Libération*, mas para revistas de celebridades como *Gala* ou *Voici*, com um salário menos simbólico. Só que eu seria dispensada depois de um mês em Hollywood: nunca consigo reconhecer ninguém famoso. Uma miopia tão clínica quanto sociológica, grande desvantagem para a eventual cronista social. Felizmente, o *Libération*, um jornal sério (ao contrário do que pensam alguns lá no *Le Monde*), não espera que eu forneça um suprimento constante de fofocas ou histórias de sexo entre astros e estrelas. "Muito embora... De tempos em tempos, umas notinhas um pouco frívolas até que poderiam dar uma espairecida no nosso caderno..." A sugestão é de François Sergent, chefe da editoria internacional, que todo dia, com fleuma britânica, vê desfilarem guerras, genocídios ou empolgantes eleições em lugares exóticos, onde se batem candidatos absolutamente desconhecidos. Isso quando não é assoberbado pelas cúpulas internacionais de sempre.

Já que François disse isso, eu aceito a proposta sem hesitação e vou acompanhar uma história californiana com nenhum peso internacional: a jovem lésbica que, em San Francisco, foi morta no corredor de seu prédio pelos cães que um casal de advogados estava guardando e levando a passear para clientes neonazistas que cumprem pena. O processo contra o casal corre em Los Angeles.

"Você está aqui pro *Libération*?!", pergunta Sharon Waxman, espantada de me ver no tribunal, sentada no banco da imprensa.

"Não. Tentei convencer o pessoal em Paris de que uma lésbica devorada por cães neonazistas dava matéria pro jornal... Eles, muito gentilmente, responderam que não dava."

"Então você vai vender o artigo pra outros?", quer saber Sharon, preocupada. No *Washington Post*, ela talvez esteja acostumada a parar de negociar depois de receber um "não" do editor.

Uma longa campanha de assédio a meus colegas da editoria internacional (bombardeados pelos e-mails que lhes mando sobre minha homossexual, meus cachorros, meus neonazistas, meus advogados judeus e meus presos arianos) acabará por fazê-los ceder. Usarão a reportagem, que não é exatamente o artigo de "frivolidades" ou "gente famosa" com que François sonhava para aliviar o peso das notícias mundiais.

Eu, entretanto, havia resolvido penetrar no universo da badalação, muito embora tal "operação" nada tivesse que fizesse tremer uma jornalista que já se infiltrou na extrema direita.

Durante as primeiras semanas em Los Angeles, com o risco de prejudicar ainda mais o funcionamento de meus neurônios (consumidos pelo sol e pelo ar do Pacífico), eu havia percorrido a imprensa "especializada", desde a *Us* até a *People*, passando pelo *Variety* e pela *Hollywood Reporter*, com a mesma aplicação que eu havia tido no exame de arquivos poeirentos da Segunda Guerra Mundial. Levada pela torrente de informações sobre o noivado, a gravidez e (sobretudo) o aniversário dos astros e estrelas, mergulhei lentamente numa forma de depressão semelhante àquela das donas-de-casa do Meio-Oeste. Nisto, de repente, o círculo mais solicitado das altas celebridades se abriu diante de mim: a cerimônia de entrega do Globo de Ouro.

Contudo, fui convidada não em reconhecimento de meu status de "jornalista de verdade", o que me teria reconfortado. A Hollywood Foreign Press Association, que organiza essa famosa premiação, não se interessa por nossa verdadeira atividade profissional: DOIS artigos por ano em qualquer periódico bastam para justificar a condição de jornalista. A associação funciona como um clubinho, uma pequena máfia na qual, para ser aceito, é preciso ser apadrinhado por seus membros – que se reproduzem entre si, segundo critérios curiosos. Aliás, nenhum grande jornal francês (nada de *Le Monde*, nada de *Libération*) ou europeu conseguiu ingressar na HFPA, ao passo que jornalistas que vendem carros (é preciso ganhar a vida) se dão muito bem lá.

Os honoráveis membros daquela "associação da imprensa estrangeira" acabaram renunciando aos presentes com que os estúdios (com toda a ética, é claro) os cobriam. A mudança aconteceu depois que jornalistas, DE VERDADE, publicaram uma investigação sobre o funcionamento do Globo de Ouro. Mas a HFPA continua a ser paparicada pela indústria: café-da-manhã com astros e estrelas, exibições especiais, viagens de jatinho... Pouco importando o cheiro de escândalo, os estúdios de cinema americanos precisam dessa premiação: a cerimônia, que antecede o Oscar, tornou-se plataforma indispensável para lançar os filmes até a órbita do mercado. Desde que a festa passou a ser televisionada em "falso ao vivo" para o mundo inteiro, os artistas e os chefões de estúdio correm para lá com entusiasmo.

Portanto, após ter estudado o volumoso formulário de candidatura, eu havia decidido não tentar me filiar àquela confraria bizarra, onde não tinha a menor chance de ser cooptada por esses estranhos "correspondentes estrangeiros".

Em compensação, é uma empolgação total ir à festa sem ter sido oficialmente convidada.

Catherine Deneuve, que no ano em questão concorre ao Globo de melhor filme estrangeiro com *Leste-oeste*, de Régis Wargnier, me embarca consigo na limusine.

Peço emprestado a minha filha um vestido de danceteria e me instalo com a equipe do filme atrás dos vidros fumê – sem eles, as limusines não passariam de microônibus. Sufocados, espremidos e suados, sem coragem de atacar logo de cara o minibar do carro, ficamos várias horas esperando, na longa fila de limusines que descarregam no tapete vermelho sua cota de astros e estrelas. Por fim, emergimos daquele simulacro de carro funerário, na entrada do Beverly Hilton, ofuscados pelos holofotes.

Estou feliz de não ter vindo a trabalho, de ter guardado a carteirinha da imprensa, de ocultar por completo o fato de ser parte dessa manada estacionada atrás das barreiras de proteção, brutalmente contida por espessos cordões de segurança: alinhados dos dois lados do tapete vermelho, os jornalistas, como se fossem reles groupies, andam na ponta dos pés, subindo uns nos outros, forçados a berrar para atrair a atenção dos artistas que, grogues, saem das limusines. Aqui, a profissão de repórter é pouco gloriosa, definitivamente humilhante, inútil. Sem nenhuma informação e sem nenhum furo.

Encantada por não cobrir o evento para nenhuma TV ou revista, eu acabo não cobrindo é nada, pois o *Libération* se nega com dignidade a cair na armadilha de marketing do Globo de Ouro: "Uma notinha comprida já basta", dizem-me de Paris. Nostálgica, recordo com emoção a era antiga, quando o *Libération*, chique e classudo, simplesmente ignorava as cerimônias do Oscar, do César e do Sept d'Or – os jornalistas se recusavam a comparecer e até a acompanhar esses eventos pela TV, mesmo que confortavelmente enfiados na cama.

"Quem é essa moça com visual de estudante boazinha que estão fotografando no tapete vermelho, lá no canto?", pergunto a Catherine quando ela consegue atravessar a muralha de cinegrafistas e fotógrafos extáticos, que gritam: "Caaaaaatheriiiine... Smile... WeLoveYooooo! Kaaaaaatheryn!!!!!... Deneuve!!!... Yes!!! Yes!!!..."

Acabo de ser reprovada no exame para cronista social em Hollywood, como se eu fosse uma enviada especial ao Oriente Médio que não reconhecesse Arafat nas ruas de Jericó. Ou que o confundisse com Shimon Peres.

Catherine, estupefata, vira-se para mim e pergunta se estou de gozação:

"É Julia Roberts!"

Lá dentro, no salão, com os grandes artistas e magnatas do cinema enfim a sós, o ambiente é cool. Pode-se passear de mesa em mesa e observar que Gwyneth Paltrow e Matt Damon estão de cara feia um para o outro; que na vida real os atores da *Família Soprano* são tão barulhentos, italianados e gaiatos quanto na série; que a comida é nojenta mas a champanhe está OK; que a cada intervalo comercial dá para fumar às escondidas. Em suma, uma cerimônia de entrega dos prêmios de fim de ano aos melhores alunos da escola primária.

Leste-oeste perde para Almodóvar, mas o espanhol, cineasta civilizado, rende calorosa homenagem a Catherine Deneuve, enquanto sua atriz, Penelope Cruz, sentada a nossa mesa, parece triste – talvez porque ela seja assim mesmo, ou porque não fale inglês.

Mais tarde, produz-se um acontecimento extraordinário: eu aperto a mão de Harrison Ford. Ele parece mergulhar em meus olhos, com aquela mirada intensa que é o segredo de seu sucesso. É perturbador o sentimento de que, nesta noite, estamos sozinhos no mundo, *eu e ele*... Isso dura até outra criatura vir cumprimentá-lo e Ford fitá-la com a mesma paixão. É o trabalho dele.

Encontrarei o mesmo profissionalismo em outro sedutor, Warren Beatty, que entrevisto em seu escritório, abaixo da Mulholland Drive, para traçar seu perfil no jornal. Depois de uma hora discutindo a sós graves questões políticas (é o sumo esquerdista de Hollywood), e apesar dos brinquedos de criança espalhados pelo chão, sinal ostensivo de casamento firme e paternidade assumida, ao cair da noite eu seria capaz de fugir com ele, se Beatty insistisse um pouco. Sempre aquele olhar de ator que nos transforma em bobas apaixonadas e nos faz esquecer de ligar o gravador.

O mercado de carne fresca...

Pois bem: os amigos franceses querem ver *L.A. by night*. Cada vez mais bronzeados, trajados para a noite, eles acabam de se aprontar lá pelas nove. São uns doidos. Afora alguns lugares "decadentes" da moda, os nativos já foram para a cama em hora tão tardia. Nós os levamos ao Orso's, restaurante mais conhecido pelo espetáculo que pela cozinha, e num golpe de sorte, para grande alívio meu, eles vêem passar os atores de *Friends* e outros astros e estrelas. Às onze, estamos sozinhos no átrio italiano, e os garçons já puseram as cadeiras sobre as mesas e nos põem para fora.

"Se a professora de ioga chega na tua casa às seis da matina, você não vai ficar zanzando à noite", digo, descrevendo a dura vida dos *golden boys* e *golden girls* de Hollywood. Depois da ioga às seis, a chuveirada, o café-da-manhã das crianças que vão para a escola. Aí, saem para ganhar seus milhões de dólares com filmes que, espera-se, se reproduzirão perpetuamente: *Homens de preto 15*, *O eterno retorno de "American pie"* (até a saída dos atores principais para a aposentadoria na Flórida), *A múmia*, que ressuscita da tumba de dois em dois anos... Hollywood gosta de continuidade.

Por que ioga tão cedo?, pergunto-me muitas vezes. Não dá para plantar bananeira depois das oito? Os raros refratários à ioga fazem ginástica, também ao amanhecer. Convidam-nos para jantar às seis da tarde, quando nós, franceses, ainda mal digerimos o almoço.

Sim, eu ainda almoço, pela satisfação que isso me dá. Em Hollywood, o almoço só se justifica para encontro de negócios. Chega-se exatamente na hora marcada, até um pouco adiantado, pois se tem pressa. Come-se o mais depressa possível, salada, sem pão e sem sobremesa, sob pena de ser suspeito de autodestruição, de suicídio pelo relaxo com a gordura. Se quero escandalizar e passar por degenerada (francesa, o que explica minha conduta excêntrica), peço uma taça de vinho. Não duas, pois senão me mandam para a *rehab*, o tratamento de desintoxicação.

Para mim, é impossível jantar às seis.

"Nós poderíamos nos encontrar de novo amanhã às sete e meia", sugiro, na véspera de um jantar com um chefão de estúdio.

"Nunca jantei depois das sete em toda a minha vida", ele responde, seco.

Ele poderia ter acrescentado: "E nunca paguei nada em toda a minha vida".

Toda vez que passamos uma noitada juntos, só nós dois, num restaurante de Beverly Hills, ele pede o vinho mais caro, cem dólares a garrafa. Chega a conta, e ele nem se mexe, não faz nenhuma menção de pegar a carteira, algum cartão de crédito. Ou então vai ao banheiro. Tem dois ou três dólares no bolso para o manobrista, que lhe traz, com um sorriso, o Porsche novo.

Os franceses de visita estão acesos: nenhum problema de sono, nenhuma intenção de fazer o cooper antes da meia-noite. Vamos explorar as loucas noites de Los Angeles, decidem.

Fico perplexa:

"Primeiro vai ser preciso se livrar da molecada", devo informar aos pais. "Menor de 21 anos não entra em bar nem boate. Até a noite, vocês não vão ter tempo de comprar identidade falsa pra eles. Só dá pra alterar as datas nos passaportes..."

Os adolescentes explodem de raiva:

"O quê? *No way!* A gente não vai para a cama tão cedo. O teu plano é uma chatice só!"

Eles não se importam de destruir seus passaportes apagando o ano de nascimento, mas os pais dão uma brecada nisso.

Minha filha propõe uma alternativa:

"Vamos à Hollywood Canteen, o meu nome tá na lista VIP da entrada", anuncia orgulhosa, sem esclarecer que passou a conversa no dono da boate, um jovem empresário judeu persa que finge ignorar que, pela lei estadual, ela é menor de idade.

Sua vida de aluna do último ano do colegial na Califórnia deixou de ser um inferno depressivo depois que ela (ao fim de longa chantagem emocional) passou a usar a identificação de uma amiga de 22 anos cuja foto, no escuro dos corredores de entrada das boates, se parece vagamente com ela. Graças a essa usurpação de identidade, não precisa mais se maquiar feito uma velha quenga de trinta, nem se vestir de biscate da Sunset Strip (zona de prostituição elegante desde que Hugh Grant foi pego em flagrante delito), para tentar convencer o segurança na porta da boate de que ela já é bem vivida. De resto, uma empreitada difícil e até aqui fadada ao fracasso.

Na Califórnia, os menores de 21 anos não podem entrar em nenhum estabelecimento noturno onde sirvam álcool. Nada de rock, nada de danceteria, nada de música, nada de cigarros nos bares, nada que seja grande coisa. Sobra... o sexo, as drogas, a cerveja, o fumo, em doses aceleradas. Em casa, nos parques ou no carro. O sistema educacional do puritanismo americano não convence.

A primeira *stop* na Hollywood Canteen (antigo refeitório dos empregados de estúdio nos anos 20, nas profundezas de um bairro abandonado aos traficantes e aos sem-teto, que voltou à moda faz três anos) é um fiasco. A boate está fechada ao público, por causa do aniversário de uma estrela que convidou os amigos para festejar. Enfim, *quase* convidou. Eles precisam pagar pela entrada, coisa não muito bacana para uma estrela que ganha vários milhões de dólares por filme. Ficamos surpresos com essa falta de elegância, mas não os "convidados", dispostos a pagar ingresso e comer batatinha pelo privilégio de serem admitidos na festa dos jovens astros e estrelas de Hollywood.

Acabamos nos contentando com outro lugar da onda no bairro, Les Deux Cafés, cuja dona, francesa, teve a idéia genial de construir um restaurante de luxo no meio de um estacionamento sinistroso atrás do Hollywood Boulevard. Criou um espaço exótico de fontes e jardins à florentina, rodeado pelas carangas. Os clientes, encantados, podem dirigir praticamente até a mesa do restaurante. ESTACIONAMENTO CINCO-ESTRELAS, a bem-aventurança em Los Angeles.

Instigada ao crime, eu mando Suzanne, amiga da proprietária, negociar a entrada de nossos *teenagers* ilegais, lembrando que aos dezoito anos eles podem se alistar nas Forças Armadas e morrer pela pátria. A dona "se esquece" de checar as idades e nos deixa entrar.

À meia-noite, há uma multidão de *happy few* no interior do Deux Cafés. Lá fora, os "deserdados", aqueles que não estão na famosa lista, fazem súplicas aos guardiões do paraíso, que os impedem de adentrar. Nossa moçada está extasiada: cruzam com seus ídolos, riem às gargalhadas e dão gritos de alegria. Como de hábito, não reconheço ninguém; em todo caso, esses "astros e estrelas" são mesmo desconhecidos para o resto da humanidade. No bar, os belos e musculosos, sem ainda terem chegado ao estrelato, sendo tão-somente astros virtuais, reparam com olhar abrangente na carne fresca que acaba de chegar conosco. Somos vítimas de nossas mentiras: os paqueradores não sabem que se arriscam a pegar cadeia ao atacarem nossos teens, que estão no bar, bebericando uma margarita como falsos adultos americanos.

Na euforia do bar do Les Deux Cafés, sem demonstrar nenhum reconhecimento pelo poder de lobby da mãe (à qual ela dá as costas), a *menor de 21 anos* emborca a segunda margarita. Apoiada no balcão gigantesco que atravessa o restaurante (em meio a jovens franceses alucinados pelo barulho, pelas lâmpadas de Natal em pleno verão e pela proximidade de rostos que costumam ver em suas revistas de televisão), minha filha se lança a uma conferência acadêmica, como aquelas do Collège de France: O MERCADO DE CARNE FRESCA EM HOLLYWOOD AO TEMPO DO TERCEIRO MILÊNIO.

"Se eu tivesse ficado em Paris como vocês, teria passado

todas as minhas tardes nos cafés, fumando o meu cigarrinho e me estressando com o *bac*", explica aos amigos, falando alto por causa do som. "Nada de terrível, mas no mínimo eu já teria dormido com o meu primeiro carinha. Talvez até conhecido o meu primeiro desgosto. Isso em vez de ficar aqui, falando de feminismo com outras sobreviventes da Europa, sem *boyfriend*!"

E acrescenta com voz tonitruante, partindo do princípio de que o francês é um dialeto desconhecido: "E ainda por cima VIRGEM!"

Ela evoca as imagens estereotipadas de *American graffiti* para descrever o dia-a-dia de uma adolescente em Los Angeles: conta que está num carro no alto de um morro que dá para as luzes da cidade, flertando com um garoto do colégio. E surge o mal-entendido:

"Bom, é claro que eu cedo um pouquinho, e depois faço a pergunta, que pra mim é evidente: 'A gente tá junto, né?...' Aí, o carinha fica branco de medo e me leva direto pra casa."

Minha filha descobriu a escala dos sentimentos. Lá embaixo: somos amigos, a gente se diverte, "divide" e até dorme junto. Lá no alto: a palavra maldita, RELAÇÃO. Ela explica: é quando o sujeito deixa de dizer que a garota com quem dormiu é uma vadia.

Em resumo, as amigas entendem que os americanos da mesma idade não são nada divertidos. Assim, minha filha agora se interessa pelos mais velhos, vivendo na mentira.

"Tive a minha falsa festa dos meus falsos dezoito anos e a minha falsa mudança pra faculdade, quando ainda estou no colégio", lembra. "Depois de muito trabalho, posso finalmente ir a alguns lugares, como o Deux aqui."

Capaz de falar horas e horas sobre as noites de Hollywood, ela conta como foi levada ali pela primeira vez por um "astro", Luke Wilson. O nome não me diz nada, mas os amigos estão de boca aberta, impressionados com a carreira pessoal do ator: foi namorado de Gwyneth Paltrow, conforme todos leram na imprensa especializada.

"Conheci o Luke num estúdio de filmagem. Eu tinha acabado de chegar de Paris e, bobinha, confessei que tinha só dezesseis anos. Isso não impediu que ele rasgasse uma folha do script e escrevesse ali mesmo o seu número de telefone, debaixo desta frase: 'Call me if you are bored in LA'. Um dia, no intervalo do colégio com as amigas, eu o chamei do celular. Ele combinou de se encontrar comigo aqui. Luke não tava muito à vontade e ficou se virando o tempo todo, pra ver se alguém não vinha fotografá-lo. Não tocou em mim, só uma vez, quando me agarrou pelo braço – pra que eu não chegasse perto de uma mulher que ele achou que tava escondendo uma câmera no casaco."

Ao redor do bando de franceses (que não compreendem nada, não prestam atenção em nada, não entendem o inglês), o Deux depois da meia-noite é a própria efervescência. As conexões se estabelecem e se interrompem. A faina do *networking* está a toda.

Termo adaptado à Hollywood do terceiro milênio, *networking* se pode traduzir simplesmente por "rede". Na realidade, trata-se de uma atividade exaustiva de construção de sistemas relacionais.

Em Washington, fala-se de lobby, prática legal que visa a comprar os políticos do país em proveito de uma indústria, um grupo, um país estrangeiro ou um indivíduo que tenham recursos. No Vale do Silício, o equivalente seria o arrastão para roubar os cérebros ou as idéias da concorrência. Em Paris, a boa e velha camaradagem ou amizade, temível arma política, econômica ou literária.

Nessa boate hollywoodiana, é a enganação.

"A MINHA agência é a CCA. E a tua?"

"Ahn... No momento, estou sem nenhuma, mais O MEU filme foi selecionado pro Sundance."

Um sujeitinho da onda fala com outro sujeitinho da onda colado ao bar. Ele se interrompe para atender ao celular. Depois desliga, todo orgulhoso:

"Era o Tobey (Maguire, mais conhecido no papel de Homem-aranha, já vou especificando para os intelectuais). Ele chegou no aeroporto e tá vindo direto pra cá tomar uma. Vamos esperar. Diz aí, você quer ecstasy?"

Começo a me preocupar com a circulação de ecstasy num ambiente de jovens que, felizmente, não entendem nada mesmo. Hollywood é um lugar perigoso, apesar das leis grotescas para impedir que os adolescentes saiam, bebam ou fumem.

Quando finalmente nos mudamos para nossa rua acima do Sunset Boulevard, o vizinho, também novo no bairro, dá uma festa. Jamais se saberá do que vive aquele belo rapaz louro-oxigenado, que comprou essa magnífica mansão de West Hollywood e só anda de Porsche.

Não estamos conseguindo chegar em casa. A dezena de manobristas que ele contratou para o acontecimento sofre estacionando os enormes SUV e desencarcerando as limusines, que não têm como dar meia-volta no morro. No que passamos em frente à casa dele, o louro bem-educado corre, inclina-se sobre nosso conversível (que tenta passar entre as limusines empacadas) e convida a minha filha e a mim para a festa. Ele insiste, encantador: "Somos vizinhos..." Aceitamos.

Atrás das portas cinza-metálico daquela casa branca de design ultramoderno, é uma zorra. Nada, nadinha para comer, mas vodca e champanhe à vontade. Todo mundo está de preto (coisa normal, nas festas parisienses também é assim). Não conhecemos ninguém, e, o que é ainda mais grave, ninguém nos conhece. Após uma excursão por esse interior de arquiteto estiloso, resolvemos ir embora. Minha filha vai procurar o casaco, que ela deixou no cômodo dos fundos. E some.

Espero um pouco. Vestida de couro (preto, é claro), não quero ser tomada pelo que sou: a mãe. Após longos minutos, decido encarar o ridículo e forço a porta para resgatá-la. Não foi seqüestrada, mas seu casaco foi colocado no armário de um quarto onde há uma pá de coca. O que explica a porta fechada.

"VAMOS EMBORA", digo em tom mais estridente que o habitual, puxando-a para a saída.

"É, tá certo... Os carinhas são bem sebosos nesta festa. Vamos cair fora. Me diga, o que é que rola aqui? Drogas?"

Um mês depois, o louro já se mudou. Partiu para novas aventuras. Quebrou? Ou tinha simplesmente pegado a mansão "emprestada" para dar algumas festas? Um posseiro de luxo, nesse caso.

Consciente do perigo, minha filha, ex-parisiense mergulhada nesta cidade infestada de agentes, produtores, atores, empresários (de verdade ou de araque), continua se preparando para o *bac*, atendo-se com sucesso a Sêneca.

Quando não está nos bares, passa as noites à beira da piscina, debaixo do céu da Califórnia, fumando maços de cigarro com Nathalie Clément, sua respeitável professora *agregé*[1] de latim no Lycée Français de Los Angeles, a qual, feito o técnico de uma equipe de futebol americano, vem exercitá-la para traduzir, até de manhãzinha, as cartas de Sêneca a Lucúlio e os poemas de Tíbulo.

Tudo pela beleza do assunto e da tradução do latim. Nathalie tem apenas UMA aluna de último ano que escolheu latim para a prova escrita do *bac* (aliás, é a única de toda a costa oeste do continente americano), e vê-la aprovada se tornou ponto de honra para a professora. Para essas noites com Tíbulo, Nathalie atravessa valentemente "a capital do século XXI" (a alcunha que dão a Los Angeles, que ignora toda a cultura antiga, exceção feita aos falsos pilares greco-romanos que os iranianos ricos, doidos por colunas, puseram nos frontões de suas residências berrantes em Beverly Hills).

A colegial, lúcida (ziguezagueando entre os aspirantes a ator e os produtores de cinema que aguardam a nova onda de jovens vindas de toda parte para buscarem a glória em LA), confia à professora de latim:

"Viver aqui é como passear de barco lendo Rimbaud em pântanos cheios de crocodilos. Tudo vai bem, desde que o barco não vire..."

A professora, comovida, oferece-lhe um belo exemplar de seu poeta preferido.

[1] Capacitada a lecionar em curso superior, na França. (N. T.)

De Bagdá, um beijo e um abraço

O mesmo Les Deux, o lugar mais badalado de Los Angeles, agora pela manhã. Vazio. A galera da onda dorme ou treina esqui cross-country em suas esteiras domésticas. Atrás do bar, da música, do barulho e das luzes da noite, Les Deux Cafés tem uma salinha discreta, com tela de projeção e um velho bar de madeira, para aconchegantes noitadas de cinema. A salinha é sombria como a biblioteca de uma mansão escocesa, apesar do sol ofuscante dessa manhã de dezembro em Los Angeles. A Hollywood jovem dorme, mas a velha Hollywood da esquerda libertária está de pé, em plena forma. A imprensa é chamada.

Em Paris, estaríamos no Café Flore, encostados às paredes onde ainda se projetam os fantasmas de Sartre e Beauvoir, com nossos prezados escritores, tendo o internacional Bernard-Henri Lévy à testa, enquanto queimam as pestanas numa longa e histórica petição em prol de Sarajevo, do Kosovo ou de...

Aqui, na boate do *who's who in Hollywood*, escrevem-se mais é roteiros, e é um ator, Martin Sheen, o capitão Willard em

Apocalypse now, mas sobretudo o presidente dos Estados Unidos no seriado *The West Wing*, quem faz o discurso político.

Maquiado e penteado, dentes brancos, o radical Martin Sheen, cujo verdadeiro nome é Martin Estevez (meio espanhol, meio irlandês), lança o movimento de protesto das celebridades contra a guerra. Já os intelectuais, sabendo que ninguém mais lhes dá ouvidos, não se arriscariam a convocar uma coletiva. Philip Roth, desencantado, disse-me uma vez: "Poderiam colocar num avião todos os escritores americanos mais conhecidos que, se o avião caísse, ninguém daria a mínima".

Artists united to win without war é o apelo assinado por uma centena de astros e estrelas (Kim Basinger; Matt Damon; Susan Sarandon e Tim Robbins, o casal mais esquerdista do cinema americano; Anjelica Huston, David Duchovny, Helen Hunt...), e os caminhões de TV estão estacionados em frente à entrada, com suas parabólicas apontadas para o céu, em direção à América profunda.

Os atores vieram sem os agentes, o que já é prova de sinceridade. Até redigiram um texto, curto e um pouco pesado, é verdade, mas pertinente: "A guerra de que falam em Washington é preocupante e inútil... Somos patriotas americanos que pensam que Saddam Hussein não deve ter a liberdade de possuir armas de destruição em massa. Apesar disso, uma invasão militar preventiva do Iraque prejudicará os interesses da América. Tal guerra agravará o sofrimento humano, desenvolverá a animosidade contra nosso país e criará o risco de multiplicar os ataques terroristas, fragilizar nossa economia e minar nossa posição moral no mundo. Estaremos ainda menos seguros... Rejeitamos a doutrina, contrária à longa tradição americana, segundo a qual nosso país tem o direito de, sozinho, lançar ataques preventivos... O objetivo dos Estados Unidos e da ONU de desarmar Saddam Hussein pode ser alcançado por meios diplomáticos. Não há necessidade de guerra".

William Wyler, o grande cineasta que não gostava de atores, tinha dito maldosamente: "Há seres humanos... e há atores". Mas esses rostos conhecidos que se exibem nas telas dos lares americanos à hora do jantar são capazes, uma vez que seja, de largar os diálogos escritos por seus estúdios. Lúcidos, eles desarmam de antemão as gozações que são de praxe quando um astro ousa falar de outra coisa além de seu último divórcio.

Não somos especialistas, dizem, trazendo consigo um almirante aposentado para parecerem mais sérios. Mas vamos usar nossa celebridade para transmitir nossa mensagem.

Boa sorte. Na verdade, contudo, a idéia não funciona de jeito nenhum. A mídia se interessa mais pela lista de astros e estrelas do que pelo que eles têm a dizer. E os jornalistas americanos, agressivos, atacam as celebridades.

Concentram-se em Sheen, talvez pensando que ele seja mesmo o presidente dos Estados Unidos:

"Quando vir os iraquianos dançarem nas ruas para festejar o fato de terem sido libertados de Saddam Hussein graças à intervenção americana", pergunta agressivamente o enviado da *Hollywood Reporter*, "o senhor irá reconhecer que havia se enganado?"

"Estamos num restaurante, e assim posso garantir que vou engolir minhas palavras se necessário. Mas isso não vai acontecer", responde Sheen, mais à vontade no papel de presidente que Bush na TV, sobretudo quando se revêem as aparições do candidato George W. em campanha.

Um jornalista, jovem e fogoso, certamente com o passaporte prontinho para ir à guerra, quer parecer esperto e demolir os atores que criticam um *ataque preventivo*. Na escola, deve ter feito seus estudos copiando trabalhos prontos na Internet e depois se esquecendo de lê-los.

"E a Guerra dos Seis Dias?", pergunta, seguro de si. "Foi preciso um ataque preventivo!"

Ataque preventivo? Israel atacado pelos exércitos árabes? Os outros jornalistas nem piscam.

Felizmente, os atores que vieram lançar seu apelo contra a guerra não são jovens, são quase todos judeus e não se mostram tão ignorantes quanto a imprensa local.

"Você chama uma guerra em que VOCÊ FOI ATACADO de guerra preventiva?", dispara secamente um dos signatários.

A observação se perde no zunzum das equipes de TV, que arrumam seu material bebendo Coca-Cola. Os americanos "normais" sempre têm alguma coisa na boca, no mais das vezes um copão de papel de onde sai um canudinho. Os ricos também, mas eles substituíram o copo de papel e a química da Coca por uma garrafa plástica de água mineral, preferencialmente francesa.

"Dirijo carro elétrico para evitar as guerras", é o que mal tem tempo de informar o ator Ed Begley Junior, da série de humor negro *A sete palmos/Six feet under*. Dirigir um *híbrido*, eis a verdadeira militância engajada aos olhos dos hollywoodianos do terceiro milênio. O cúmulo da coragem. A de renunciar ao baita Mercedes ou, pelo menos, deixá-lo na garagem e rodar de carrinho japonês. Este se chama Prius (PRIUS, QUE NOME ESQUISITO PRUM CARRO, O QUE É QUE PASSA PELAS CABEÇAS DESSES JAPONESES?), veículo médio, nada sexy e bem feinho (eu não aceitaria um Toyota nem de graça). Mas politicamente corretíssimo.

Eu não entendia nada desses motores duplos até meu amigo Nick, um dos diretores da série *Buffy, a caça-vampiros*, me fazer dirigir seu híbrido pelas ruas de Los Angeles. A partida é à gasolina. Depois de um ou dois minutos, o computador faz a passagem para o motor elétrico, que vai se recarregando enquanto o carro anda. Aí, praticamente não se consome mais gasolina.

Os multimilionários de Hollywood andam de Prius não para economizar seus dólares (ainda que isso deva lhes dar certa satisfação), mas para lutar contra o terrorismo. "Encher os tanques abissais de seu Jeep ou seu Navigator é ajudar Bin Laden" (mesmo morto?), dispara a campanha anti-SUV, financiada por alguns astros e estrelas do cinema americano. "Você está enriquecendo os países produtores de petróleo que financiam os terroristas."

É o mesmo que dizer que andar de carrão bebedor de gasosa corresponde a explodir as torres do World Trade Center.

Inversamente, poriam fim ao terrorismo andando de bicicleta?

A lógica não fica clara. Em todo caso, é a moda. Aliás, é a própria mamãe-ganso das tendências políticas hollywoodianas, Arianna Huffington, quem imaginou essa campanha publicitária para despertar o sentimento de culpa nos americanos. E muito especialmente nos habitantes de sua cidade, Los Angeles, que tanto gostam dos monstruosos SUV, os *sport utility vehicles*, ou utilitários esportivos, poluidores e papões de gasosa: "São todos uns Saddam, uns Bin Laden!"

Parem de se exibir ao volante de seus jipões, seus carros-tanques Hummer, cercados de parafernália eletrônica para todo lado, ordena Arianna, a nova *pasionaria*, perita em grandes viradas: o ex-marido, Michael Huffington, senador republicano (portanto de direita), herdeiro de fortuna petrolífera (portanto todo a favor da gasolina), largou Arianna por amor aos rapazes (coisa mui progressista). Com o choque, ela virou esquerdista.

Os anúncios contra os SUV, recusados pelas redes de TV para não incomodar as montadoras americanas, são motivo de gozação: "Antes de proibirem o povo de dirigir jipões, comecem por desistir de suas limusines de dez metros", dizem os jornalistas aos astros e estrelas entrevistados a respeito da campanha antigasolina. "E, se é para economizar energia, quando é que vocês vão deixar de aquecer aquelas suas piscinas olímpicas?"

Patrick Goldstein, o colunista do *Los Angeles Times*, mais hollywoodiano, vê aí uma tendência fundamental, um fenômeno social tão irresistível quanto o inflar dos sutiãs: "Lembrem-se de todas as modas lançadas por celebridades e de como elas influenciaram nossa cultura. Há dez anos, só a turma do show-biz punha silicone nos seios. Hoje, todo mundo põe. Até quando você vai ficar sem um Prius?"

Se a poderosa Arianna dirige um Prius, toda a Hollywood vai fazer igual. Tudo bem, é duro largar os bancos de couro e as capotas rebatíveis por um Toyota ou um Honda cruelmente médios… Solidários e militantes, os astros e estrelas que estão salvando o planeta trocam sinais quando, ao volante de seus híbridos, cruzam uns com os outros nos engarrafamentos de Los Angeles.

Caso, por exemplo, do terrível Larry Miller, que fez fortuna com Seinfeld e agora interpreta na série *Segura a onda/Curb your enthusiasm* o papel de si mesmo: um carinha de Hollywood, desagradável, nervoso e desajeitado. Larry detesta o mundo inteiro, que lhe paga na mesma moeda. Não o conheço, mas o adoro. Um multimilionário que rouba garfo em restaurante, usa roupa de tecido sintético, não agüenta as feministas e se declara alérgico a carro *alemão* me é simpaticíssimo.

Quando ganhou o Globo de Ouro, ele subiu ao palco e declarou em tom sombrio: "É um dia triste para o Globo, mas... UM GRANDE DIA para Larry David... Agora que ganhei um prêmio, talvez a minha mulher fique mais aberta às minhas investidas hoje à noite".

Constrangimento na platéia. Imperturbável, ele deixa bem claro: "Aproveito para agradecer aos meus pais, que me ensinaram que não se deve desperdiçar nenhuma oportunidade de incomodar os outros".

Insuportável assim, Larry é politicamente correto quando se trata de seu carro, o híbrido japonês. Entre os jovens astros e estrelas, o movimento é uma bola de neve: a sexy Cameron Diaz e o belo Leonardo também seguem a moda PC ao dirigir.

Por isso, proponho a François, chefe da editoria internacional, um artigo sobre "as celebridades contra a guerra", sem lá muita esperança de sucesso. De resto, a resposta vem no tom habitual de François, que pratica um humor na contramão de seus leitores: "Você pode enfiar no caderno de cinema esses seus atores muniquenses[1]", escreve-me, sem mais comentários.

Os americanos são a favor da guerra contra Saddam, mas "meus atores muniquenses" não estão sozinhos: dois terços da população, não de todo malucos, não querem ir à guerra bancando o Zorro, sem a ONU e os outros camaradinhas. Ainda mais porque uma enquete feita por um instituto de pesquisa dos Estados Unidos acaba de lhes atingir o moral com uma conclusão muito ruim: os americanos e sua política externa "são cada vez mais rejeitados no resto do mundo".

No Sunset Boulevard, abaixo de nossa casa, um cartaz de dez andares anuncia um pequeno ensaio geral: *Live from Baghdad*. Um telefilme sobre a primeira Guerra do Golfo, em 1991, enquanto a frota americana, *live in 2003*, se aproxima do Iraque.

Após uma campanha pesada (mercadológica, não militar), não dava para não ver o filme. Ao vivo da cozinha, assisto com meus filhos a esse docudrama, que vai fazê-los desgostar um pouco mais do jornalismo.

Propaganda da CNN, o filme foi rodado no Marrocos e, principalmente, nos estúdios de Los Angeles. Os MARAVILHOSOS enviados especiais da MARAVILHOSA cadeia noticiosa demonstram excepcional coragem quando continuam transmitindo ao vivo, protegidos apenas pela mesa de seu quarto de hotel, para bem informar o povo americano, apesar das bombas (americanas) que caem sobre Bagdá. Não se vê nenhum outro jornalista estrangeiro naquela cidade. Nossos amigos da TV francesa, por exemplo, foram esquecidos pelo roteiro. Será que Hollywood não os filmou porque estavam entocados no subsolo do hotel? *Americans are the best...*

À parte brigarem feito cachorros (contra as outras cadeias de notícias) para descolar uma entrevista exclusiva com Saddam, esses valentes da CNN também têm coração: preocupam-se de haver levado ao ar um americano que, por causa dessa entrevista, corre o risco de ser tomado como refém. Mas, reviravolta no roteiro, o americano anônimo escapa ileso e volta para a terrinha, e a CNN não fica com a morte dele na consciência. *Happy end.*

Michael Keaton, ex-Batman, interpreta o jornalista da CNN. Ele já estava perfeito em *O jornal*, filme malhado pela crítica, ao qual arrastei Béatrice, outra veterana do *Libération.*

Num cinema do Quartier Latin, só há duas pessoas, que rolam de rir: Béatrice e eu.

"Parecia um filme sobre as neuroses do *Libération* (os funcionários efetivos mais nós mesmas)", digo.

"E o jornalista que tem uma crise de nervos porque lhe tiraram a cadeira? Você se lembra...?"

"Pena que não tenham feito o *The Liberation*... Haveria bastante sexo, melodrama e furos jornalísticos para dar uma boa fita."

Live from Baghdad é piegas, guerrinha mimosa com grandes furos jornalísticos. E os bombardeios? Um fiozinho de fumaça, tipo poluição na hora dos engarrafamentos, sobe dos telhados dos estúdios em Los Angeles.

"É... sempre pensei que Los Angeles fosse Bagdá. Ou talvez Beirute...", comenta o dr. Richard Horowitz, sarcástico. (Ele dirige o hospital do bairro onde rodaram o filme.)

Sean Penn acha "obsceno" esse episódio de 1991 da série *Guerra do Golfo*. Criticado por ter viajado como turista para Bagdá, Penn é um ator que não tem papas na língua: "Antes me cortarem os colhões do que ir à entrega do Oscar", tinha me dito. E cumpriu a promessa, não tendo precisado sequer mandar cortar os colhões.

A jovem geração de repórteres, empolgada, prepara-se para o episódio 2: *Guerra do Golfo – a continuação*.

Se querem um conselho meu, esses futuros heróis, antes de partir, deveriam arranjar empresário e assinar com Hollywood o contrato para suas respectivas memórias (talvez eu já esteja há tempo demais nesta cidade). Diferentemente de seus antecessores, os novos repórteres têm a chance de serem especialmente preparados pelo Pentágono, em campos de treinamento onde se pega pesado para ensinar os "métodos de trabalho em ambiente hostil". As redes fizeram estoque de trajes de escafandrista, magníficos e telegênicos, contra ataques nucleares, biológicos e químicos. Contra uma eventual bomba atômica, seriam mais estilosos que eficazes.

Durante toda a guerra do Afeganistão, tivemos de agüentar aqueles enviados especiais das TV que nunca tiravam seus coletes à prova de balas, para que se percebesse o perigo que corriam em cada transmissão ao vivo. Os câmeras evitavam mostrar a milícia privada que acompanhava as equipes, paga pelas redes para proteger os astros da informação (os jornalistas mortos não pertenciam à mídia rica e poderosa). Vimos depois os enviados especiais, sempre adornados com aqueles coletes, ofegarem ao vivo de Israel e dos territórios palestinos, tendo tanques ao fundo. Portanto, estamos resignados a revê-los no remake de Bagdá bombardeada. Nas chamadas promocionais das redes, as caras deles já aparecem o tempo todo.

Se não houver guerra, vão ficar deprimidos. Obrigados a ir cobrir inundação no Meio-Oeste.

[1] Na França, termo pejorativo para indicar quem defende o apaziguamento a qualquer custo. Referência àqueles que, em 1938, na Conferência de Munique, praticamente destruíram a Checoslováquia para sossegar Hitler. (N. T.)

Somos todos osbournianos

O primeiro dia de aula no Lycée Français. O pai, a mãe e os dois filhos, no Saab conversível novinho (mas usado...), entram bem-comportados na fila dos Mercedes e dos SUV (ainda populares, apesar da campanha dos multimilionários politicamente corretos) que sobem o morro rumo a essa "escola de excelência" (diz o folheto). Ninguém chega a pé. A fila é longa, a ladeira é íngreme, o carro é de segunda mão: no meio do caminho, uma fumaça preta e espessa começa a sair do capô, provocando um começo de pânico entre os tanques e veículos teutônicos vizinhos. Olham-nos com hostilidade (estamos atrasando a subida) e desdém: uns jecas que não têm dinheiro para comprar carro novo.

Depois de termos sido reprovados em nossa estréia em Hollywood, vamos ser reprovados também na estréia no Lycée?

Claro.

Os dois grupos étnicos – *the Frenchies* e os outros – que mandam os filhos para uma escola francesa bem no meio da cidade mais cosmopolita do mundo não se misturam. Ficam agrupadinhos por grupo nacional. Os franceses se reconhecem de orelhada: mostram-se alérgicos à idéia de falar inglês tão logo há mais de um *Frenchy* por metro quadrado californiano.

Assim, bloqueamos a sacrossanta ascensão automobilística escolar. As famílias francesas, quase todas de passagem pela cidade, bem poderiam manifestar alguma solidariedade para com estes recém-chegados, que parecem personagens de gibi. Mas que nada. Nossos filhos morrem de vergonha, e nós morremos de rir.

Será o início de nossas desventuras com Le Lycée (pronuncia-se acentuando o *Le*, aristocrático). Roby, colega de escola de meu filho, adora nos chamar *les Osbourniens*.

Acho lisonjeiro que os amigos de meu filho vejam pontos em comum entre nós e os Osbourne, roqueiros abilolados que se instalam no bairro dos multimilionários de Los Angeles, onde tentam sobreviver cercados de gente que é rica como eles, mas que não tem suas tatuagens nem suas cabeleiras vermelhas. O enxerto não dá certo. A família Osbourne, *reality show* da MTV, virou cult: *As desventuras de punks em Beverly Hills*.

Uma versão *Frenchy*: *Les Osbourniens*?

Ela, de qualquer forma, seria mais clássica: em nossa família, o pai não come rato (coisa que, no palco, é a especialidade do roqueiro Ozzy Osbourne).

No papel da adolescente, temos Julia, personagem elástica: dezessete anos no colégio, dezoito depois da escola e 21 depois da meia-noite.

Na primeira semana, lutando contra o deprimente uniforme dela, cometi o erro de mandar encurtar a saia plissada cinza regulamentar, "na risca da periquita", conforme declara, histérica, a inspetora de alunos. Por causa da saia, será regularmente posta para fora, acabando expulsa a uma semana do *bac*.

Ela lança-se a uma relação mui osbourniana com sua professora de latim.

O filho, Tom. Doze anos, muito novo, o melhor aluno da classe: os outros pirralhos o chamam de *nerd*, o serião de óculos que sabe tudo.

"Nerd! Que legal!", eu lhe digo, entusiasmada. "Você sabe, o cara que inventa, o cientista, o gênio, o professor Nimbus[1]. Bill Gates é nerd. Você não adoraria ser Bill Gates?" (Pergunto isso cheia de esperança, sonhando que meu filho se torne o homem mais rico dos Estados Unidos.)

Ele fica abatido por ter uma mãe tão maluca. Estúpida, até. Explica com voz fatigada, cansado de repetir o óbvio:

"'Nerd' é OFENSA", diz ele, aliás com o tom de nerd que tenta explicar problemas de matemática a tapados que não querem aprender. "É o carinha que não pratica esporte. Na hora do recreio, em vez de ser apanhado com heroína, ele faz a lição. Não é cool."

"Heroína no pátio da escola?", pergunta a mãe, preocupada. "Nessa escola chique?... Você tá de gozação?"

"Tô exagerando. Eu queria dizer 'erva'."

O bom aluno que sabe que suas notas sensacionais já não impressionam mais os pais continua, todo orgulhoso:

"Ganhei vinte dólares hoje!"

"Como?"

"Vendi incenso prum desses louros idiotas de olho azul, tipo gostosão, fazendo de conta que era erva!"

"Aqui em L.A., já puxam fumo na sua idade?"

O filho não se dá ao trabalho de responder. Continua a falar como se tivesse se livrado do opróbrio de ser nerd:

"Depois, fui lá confessar a sacanagem, pra humilhar o cara, é claro. E o legal é que agora a turma me acha cool".

Para que fique ainda mais cool, vou lhe comprar lentes de contato. "Nerd sem óculos não é mais nerd." Com um pouco de sorte, vai agüentar ser bom aluno, em vez de fazer força para tirar umas notas ruins. E, já que é preciso bater para ser aceito no time de futebol dessa escola que reúne todos os defeitos antipáticos das duas culturas (a francesa e a americana), meu filho se lançará às artes marciais, ao taekwondo: toda noite às nove, treino de combate numa academia onde moças mexicanas, armênios atarracados, adolescentes judeo-ortodoxos de quipá e meu filho, espremidos numa roupa de samurai adornada com a bandeira americana, trocam murros e chutes de kickboxe, na falta de golpes de espada.

"O menino vai dormir às dez e meia da noite?!!!" (Linda fica pasmada.) "Durante a semana, no período letivo?!"

Entendo o tom de reprovação, o olhar um pouco superior para esses costumes avançadinhos e esquisitos numa cidade provinciana como Los Angeles. Aqui, os astros e estrelas ficam em casa com os filhos durante os *school days*: nas vésperas de dia de aula, não se sai, come-se às seis (muitas vezes pizza, mas assada em casa) e vai-se para a cama bem cedo. No fim de semana, pode tudo. Até parece um vilarejo de Nebraska.

Após alguns campeonatos de arte marcial coreana (com *masters* que não falam uma palavra de inglês, mas que fazem carreira em

Hollywood atuando nos filmes de kung-fu) e um montão de tijolos quebrados a muque, o filho será aceito no time de futebol do colégio. Felizmente para nós, não sente necessidade de aniquilar seus inimigos (só um ou dois chutes), poupando-nos os caros processos de indenização por quebra de aparelho dentário no pátio da escola.

Afora o treinamento militar de defesa pessoal neofascista, a mãe do nerd também aplicou uma velha teoria marxista que remonta à sua juventude revolucionária: "Em ultima instância, o determinante é a economia". E, como escreveu Proudhon, "a propriedade privada é um roubo". Em Hollywood, onde o coração é de esquerda, aplica-se com fervor essa doutrina ("Grana é poder"), apagando apenas o lado "roubo" da propriedade privada. Ou talvez pensando que o roubo não é grave desde que não se deixem roubar.

Assim, comprei uma bola de futebol. *Dono da bola*, o filho *decide* quem joga no time na hora do intervalo. Até que a bola acabe no alto de uma palmeira, os níveis socioeconômicos da classe de oitava série ficam reduzidos à tradicional relação de forças num pátio de escola: o maior e mais malvado ganha.

Para concluir o painel osbourniano da família: os pais.

A mãe. Eu. O TERROR do Lycée Français. Aquela que faz o filho trocar de classe três vezes para evitar um professor ou um aluno "inimigo"; e que defende de má-fé a filha insuportável. Mas faz coisa pior. Imperdoável. Todo ano, eu me recuso a ir cantar loas em francês ao Beaujolais nouveau (exceção feita a Los Angeles, hoje o mundo inteiro sabe que o Beaujolais nouveau é intragável) ou participar de qualquer outra confraternização da comunidade *Frenchy*. Em vez de freqüentar a academia ou levar as crianças à escola, vou é trabalhar. Não saio às compras. Falo inglês. *The Bad.*

Por fim, o pai. *The Good.* Ao contrário de Ozzy Osbourne (o maluco da família), aqui o pai é o bonzinho (menos quando sobrevém alguma desgraça nas bilheterias). É aquele que vai negociar, evitando que os pirralhos acabem expulsos no meio do período letivo, tentando consertar os estragos causados pela mulher. Mas ele vive em Hollywood, e ali, no *business*, nem *the Good* são tão bonzinhos assim:

"Se vocês continuarem a olhar as pernas da minha filha a pretexto de checar se a saia está curta demais para o uniforme, eu meto contra vocês um processo por ASSÉDIO SEXUAL", comunica friamente aos inspetores de alunos, que ficam mudos. "Da próxima vez que me falarem da saia dela, eu chamo o advogado."

Ao fim de um ano nesta cidade, isso não é mais blefe, o pai não está para brincadeira. O filho não pode jogar bola? A filha não aceita as saias impostas pelo uniforme? Ele já quer telefonar para o advogado. Puro reflexo hollywoodiano.

"Segundo os psicanalistas, os filhos devem se virar sozinhos", digo, para refreá-lo. "Se a gente presta queixa, vai é resolver os problemas por eles. É um erro."

Evitamos por pouco a guerra judiciária contra o colégio.

Mas não se consegue resistir ao ambiente. No final do ano, a conta é salgada: temos três advogados, um para os negócios (do marido), outro para a imigração, o terceiro por causa de um acidente de carro. Dois corretores: um para investir na Bolsa, o outro para comprar casa. Três psicanalistas: dois para os filhos, um para a mãe. Um personal trainer, que se ocupa dos músculos dos astros e estrelas e dos meus. Dois infelizes profissionais (um *agent* e um *manager*, que o dr. Horowitz achou para nós) para lançar a eventual carreira de atriz da filha. Somos um exemplo modelar de adaptação ao meio.

Ainda assim, nada de professor de ioga em domicílio. O último bastião de resistência. Até quando? Sinto que fraquejo em minha postura alérgica à ioga, de tanto ouvir os amigos me dizerem: "Se eu não me exercitasse às seis da manhã com o professor, já teria tido um colapso há muito tempo. É difícil, mas é bom".

Le lycée de l'excellence française é um posto de observação interessante. Quando não trabalham com cinema, moda ou cozinha nem foram mandados por nenhuma multinacional, o que todos esses franceses vêm fazer em L.A.?

Respirar o ar do Pacífico, respondem. A gente percebe que insistir não é de bom tom, as respostas são evasivas. O jovem corso que dirige um conversível de luxo novinho em folha tem pai oficial de Justiça, o qual, dizem-me, "enfrentou alguns problemas". Ao que parece, um tempinho na cadeia. Mais não dá para saber.

Outro aluno mora sozinho, num apartamento alugado no prédio mais caro da cidade, no Wilshire Boulevard, onde o porteiro vai buscar o carro para ele ir à escola de manhã. Até o dia em que o rapaz desaparece, tendo talvez voltado para a França. Aliás, é freqüente acontecer de um dos amigos de meus filhos sumir por completo durante alguns meses:

"*Rehab*", minha filha deixa calmamente escapar. "Aqui, se você bebe um trago ou fuma um baseado que seja, os pais te botam em cura de desintoxicação. É horrível."

O ramo dessas clínicas floresce, com os astros e estrelas não hesitando em se presentearem uma temporada ali, para mostrar aos fãs que eles cuidam da saúde.

Um pequeno grupo de franceses constituiu uma Deauville do Pacífico (em Nova York, o equivalente seria a Little Odessa, versão de imigrantes russos pobres). Tendo alcançado sucesso extraordinário no comércio de roupitchas, construíram, a partir de Los Angeles, um império de lojas de saias e calças. Todo ano, arrendam o francesíssimo hotel Sofitel para rezarem juntos no Yom Kippur.

Na praia, também se vê gente que se aposentou do ramo têxtil muito cedo – aos quarenta anos. Homens e mulheres que fizeram fortuna em Paris, no bairro do Sentier, mas que não podem voltar para a França. "São algumas dificuldades com o Fisco, estamos aguardando que as coisas sejam regularizadas", explicam, sem desejar se estender sobre o assunto.

Entediam-se em suas mansões, "aguardando que as coisas sejam regularizadas". Depois de decorado o palácio hollywoodiano, comprados os carros (desde o conversível até o SUV, é claro), aprendido um pouco de inglês, resta-lhes a prática intensiva da patinação na pista de Santa Monica, ao longo da praia. Para o bronzeado e os músculos, é melhor que correr pelas ruas enfumaçadas do Sentier. Aliás, é o que eles mesmos dizem: "Quando tomamos a decisão de partir (bem depressinha, ao que parece) , escolhemos Los Angeles... por causa do clima".

O clima é cada vez mais *sedutor*. Sobretudo para aqueles que ganharam muito dinheiro (mesmo legalmente) na França: aqui não chateiam ninguém com o imposto sobre fortunas. Tendo conselheiros tributários e advogados para lhe arranjarem um bom visto ou o *green card*, você já estará residente na Califórnia: poderá então converter suas *stock options* em dinheiro, vender seus negócios franceses, investir no mercado imobiliário local. Pode-se fugir dos impostos ao sol, sem sofrer o castigo da chuva e da depressão em Genebra, Bruxelas ou Londres.

Por conseguinte, o Lycée é chiquérrimo, e a diretora adora citar os ex-alunos que se tornaram *stars*, como Jodie Foster, por exemplo.

Ao fim do ano, na cerimônia de entrega dos diplomas, nós a veremos saudar com emoção e respeito as personalidades sentadas na primeira fila. Em particular Sua Excelência, o embaixador da Arábia Saudita, e respectiva senhora, que vêm para estimular o filho caçula, o qual estuda na escola. Alguns meses depois, a mulher do embaixador também terá "alguns problemas", por ter assinado um cheque para islamistas implicados nos atentados contra o World Trade Center. Não tão chique, afinal.

[1] Personagem humorística criada nos anos 30 pelo cartunista francês André Daix. É um sábio muito sorridente e distraído, que nunca abre a boca. (N. T.)

Going Hollywood

É uma tarde escaldante de janeiro em Beverly Hills. Todo dia, quando meus colegas de Paris perguntam, agressivos, como está o tempo em Los Angeles, prefiro ser vaga, para não agravar a situação: "Gostoso... O de sempre..."

Estamos sentados no terraço de um bar, de camiseta, com as fileiras de palmeiras brilhando sob o céu azul. Os gramados verdes se estendem em ziguezague entre as residências brancas e rosadas. Objeto de trabalho constante e regadura infinita, as flores, as famosas palmeiras, as bananeiras – toda a vegetação desta cidade – são artificiais: foram plantadas pelos pioneiros sobre a areia e os seixos da planície desértica.

Meu filho anda de skate, minha filha fala ao celular, eu leio tranqüilamente o *New York Times* – agora, altas horas em Paris, no frio e na monotonia, o jornal já fechou, François não vai mais me mandar recadinhos, ele foi dormir ou está bebendo com os meninos da editoria internacional. Dá para respirar um pouco, a guerra no Iraque foi adiada para março, por causa da má vontade franco-alemã.

Rodando de conversível no vento quente, em meio aos aromas de jasmim, até parece a bem-aventurança. É O COMEÇO DO FIM.

É o que dizem todos os trânsfugas de Nova York ou da Europa. Explicam que DETESTAM Los Angeles, onde moram há vinte ou trinta anos. Que pretendem voltar para o Leste no próximo ano, ou se instalar em Paris, ou retornar para Londres. Que só estão de passagem por esta magnífica costa do Pacífico. Que, na verdade, sonham sempre com a cerração e a chuvinha glacial.

Depois, vão correr na praia, pegar uma onda. Ou fazer snowboard na Sierra, da qual avistamos de nossas janelas os picos nevados. No fim de semana, fazem caminhadas pelo deserto, boas para refrescar a cuca entre cactos e fontes de água quente.

"Aqui é cool", diz meu filho. "O povo sorri. Não é como em Paris. Eles são felizes."

Penso que começamos seriamente a *virar hollywoodianos*. Em inglês americano, *to go Hollywood*. "He goes Hollywood", dizem os autóctones, para designar um mutante que abandona a pele de nova-iorquino, parisiense ou londrino e se transforma em hollywoodiano, essa raça sem par.

A família, portanto, *goes Hollywood*. Menos o pai, que partiu para fazer um filme. Reconstruindo a Beirute de 1982 na Túnis de 2003, ele se diverte atacando os prédios a tiros de Kalashnikov, enquanto a família continua sozinha suas aventuras californianas.

O filho prossegue em sua metamorfose em *teenager* ianque. Empenha-se em destruir a imagem de nerd para entrar na pele de horrível adolescente de Beverly Hills. Primeiro passo rumo à antinerditude: tirar notas ruins. À custa de muito esforço, consegue baixá-las para um sete.

Tinge o cabelo de louro, experimenta lentes de contato. Azuis.

"Quer ficar com cara de americano? Louro de olho azul, grande e gordo?", eu perguntarei, preocupada com as notas e as novas obsessões dele: o gel capilar e o gel dental.

Está intoxicado com os sorrisos congelados dos apresentadores de telejornal americanos, que dão as notícias ficando o tempo todo com a boca aberta, para mostrar os dentes esmaltados de branco. É toda uma ginástica das maxilas. Um treinamento especial. Pegando suas economias, corre a comprar a escova de dentes elétrica mais cara do mundo (a mais incrementada, ao que parece) na loja de parafernália eletrônica mais cara que existe, esquina da Rodeo Drive, os Champs-Elysées de Beverly Hills.

Só isso não basta. Em seguida, é preciso parar numa *drugstore* para achar o creme dental branqueador e o gel clareador "que deixa seus dentes dez vezes mais brancos". Várias vezes por dia, ele vai polir os dentes, que são bastante normais. "Você vai gastá-los", digo para brecar essa neurose, mas nada o detém. Ao contrário: ele arrasta a mim e a irmã para sua obsessão branqueadora, e nos lançamos aos gels e pozinhos corrosivos, comparando com ar estúpido (e ansioso) nossos sorrisos beatíficos.

Meu filho está a tal ponto mergulhado no creme dental Rembrandt (por que será que o laboratório quis dar a seu dentifrício o nome do pintor das sombras e do claro-escuro?) que, por telefone, ele explica ao pai, mergulhado nos dramas da guerra do Líbano, *live from Tunis*:

"Hoje, na escola, a gente estudou aquele tal do pintor holandês... Você sabe... o famoso Fluocaril!", diz, encantado por ter trocado as bolas[1].

O pai vê que o filho ficou louco.

Para rematar essa tarde de mutantes hollywoodianos, minha filha, no retorno de carro após nossa trip dentária, nos explica que vai exigir do futuro *boyfriend* (que também tem dezoito anos e chega de Paris na semana seguinte) um atestado médico de que não tem herpes.

"Aids, tudo bem, mas herpes não mata", digo. "Não é muito educado receber alguém na descida do avião e ir pedindo atestado médico. Você pode aproveitar pra ver se ele não tem hepatite, sífilis, tuberculose, maleita... Se não é esquizofrênico... Mande-o direto pro hospital, pra fazer um check-up completo..."

"A Olivia me disse que herpes é que é mais perigoso. Mesmo de camisinha."

"As suas amigas americanas, como sempre, dizem de tudo. São umas nóias hipocondríacas. Elas é que são doentes."

E, após ligeira hesitação, eu acrescento:

"Dormi com muita gente sem jamais ter pegado nada. Não é preciso exagerar nessa neura com doença".

Digo isso no tom mais neutro possível, como convém a uma respeitável mãe de família. Esperando não ter de responder a um número demasiado de perguntas de cunho histórico.

"De qualquer modo, o herpes pode ser transmitido quando se dá beijo de língua", começa o irmão, intervindo para alimentar o aspecto científico da discussão. "E, no caso da Aids, o mais perigoso é quando você faz boquete..."

"..." (Silêncio da irmã.)

"Porque a pessoa sempre tem umas feridinhas na boca", ele continua, mui douto, "e o perigo mesmo é misturar sangue com esperma. É esse o problema do boquete."

"Você tá de gozação."

"Não. A gente teve aula de educação sexual lá no Lycée. Boquete é MUITO perigoso."

Pois é, eis quem veio minar o moral das colegiais americanas que pensavam escapar daquele modo às dores de cabeça do aborto, da Aids, da virgindade e de outros obstáculos a suas práticas sexuais. A filha fica pensativa: deve acreditar no irmão, na mãe ou nas amigas? Sobretudo no que se refere a Olívia...

A amiga Olivia tinha sido a estrela da primeira festa de jovens em nossa casa de Los Angeles.

Eu havia me fechado no quarto enquanto os adolescentes esvaziavam tudo que era líquido, engarrafado e mesmo minimamente alcoólico – e depois iam vomitar um pouco por toda parte. Mais tarde, jogaram um Brie inteiro na piscina e foram nadar entre os detritos de queijo.

Para essa primeira festinha em LA, minha filha tinha exigido um segurança na entrada, o que parecia ridículo, mas acabamos contratando Michael, leão-de-chácara da boate abaixo de nossa casa, no Sunset Boulevard. Para nada.

Por volta da meia-noite, a casa havia sido tomada de assalto por um bando cada vez maior de jovens, que telefonavam uns aos outros para passar o endereço da festa. O infeliz segurança e campeão de caratê tinha logo sucumbido à pressão. Havíamos conseguido fazer recuar as massas, usando de berros e empurrões violentos, recuperando os bons reflexos de um cordão de segurança trotskista numa manifestação parisiense. Em Los Angeles, porém, os confrontos físicos podem ser letais. Foi preciso ligar, sem nenhum entusiasmo, para o 911, o famoso número de emergência, como fazem nos filmes.

Se levam um tempo absurdo para chegar ao local de um crime no gueto da South Central (ninguém se apressa a ser atingido por alguma bala perdida numa batalha entre gangues), os membros do LAPD (Los Angeles Police Department) adoram restabelecer a ordem e a tranqüilidade nos bairros elegantes das colinas de Hollywood. Ainda que não se esteja a salvo de cometer um erro, principalmente à noite.

Na última festa de Halloween, dois policiais do LAPD, chamados por vizinhos irascíveis que se queixavam do barulho na magnífica mansão ao lado, entraram em pânico ao ver a silhueta de um negro alto que brandia um pau-de-fogo. A arma era de papelão, o negro um ator que tinha se fantasiado para o Halloween e dançava em frente à janela, mas os dois policiais míopes dispararam balas de verdade e mataram o homem para valer. Foram absolvidos, o que desencorajou a aquisição de fantasias de cunho militar ou policial para as festas de Halloween e, na prática, estimulou que se escolhesse uma máscara de Bush para, assim, evitar ser apagado.

Em nosso caso, a chegada de policiais do LAPD, rápidos no gatilho, tinha feito fugir a multidão, que deixou atrás de si dezenas de garrafas de cerveja vazias, prerrogativa de qualquer noite de sábado entre os adolescentes americanos.

A calma havia voltado à rua. Tudo ia bem. Ou quase. Dentro da casa, os colegiais realmente convidados tinham, naquele meio tempo, fumado muita erva e organizado um concurso de salto – do telhado para a piscina. Pulando do parapeito, mas só evitando por milagre a paraplegia ao mergulharem na água e não nas lajotas de cimento.

Já Olivia, californiana da gema, adepta dos banhos eróticos em hidromassagem, tinha-se instalado na piscina jacuzzi com uma garrafa de tequila e um colega de classe.

Às duas da manhã, minha filha me sacode, e eu acordo sobressaltada, achando que alguém morreu. Afogado. Espatifado no cimento. Overdose. Parada cardíaca. Errou a curva depois de umas cervejas. Foi fuzilado pelo LAPD.

Fico aterrorizada com o processo que ameaça se abater sobre minha cabeça e minhas finanças.

"Estou precisando de você. Você TEM que ligar pro hospital: a Olivia quer saber se ainda é virgem."

"E ela ainda é?"

"Ela tava na banheira com o John, e ele *fingered*..."

"Ele o quê?"

"Você sabe... *Finger*... Com o dedo", ela esclarece, exasperada com minha vagarosa resposta a uma situação superdramática. "A Olivia tá se descabelando, chorando, acha que não é mais virgem. Você pode ligar pro Cedars Sinai?"

"Ela está com medo de ter engravidado?", pergunto, sarcástica.

Minha filha não acha engraçado. Saio da cama. De fato, Olívia rola pelo chão, aos berros; o jovem John está meio desmaiado, fraquejando sob o peso de suas responsabilidades. Ou será que teme um processo por estupro?

Sugiro que a própria Olivia ligue para o serviço de ginecologia do hospital, mas estamos no meio da noite, e a pergunta certamente vai deixá-los aborrecidos.

"Se ela já usou Tampax, não é mesmo mais virgem, e esse coitado não fez nada", digo. "Parem de aterrorizá-lo."

Volto a dormir, pensando que será preciso esvaziar a piscina jacuzzi antes de pô-la para funcionar de novo. Ainda mais porque o pai, holandês criado na chuva, adora trabalhar (ler roteiros) de calção de banho na jacuzzi ao ar livre, no sol, perguntando-nos a intervalos regulares, em tom de provocação: "Vocês preferem MESMO a chuva de Paris?"

No escuro, eu não tinha visto as guimbas que flutuavam na superfície da piscina, entre pedaços daquele excelente Brie de Meaux que eu, francesa incorrigível, havia comprado para a festa dos adolescentes, em lugar de lhes ter atirado uns saquinhos de amendoim.

Uma hora depois, as duas garotas, sorridentes, descontraídas, me acordam para dar a boa nova:

"No hospital, disseram que a gente não perde a virgindade com o dedo".

"Vocês têm certeza de que não falaram com o guarda-noturno?"

Contrariadas, voltam para os meninos da escola, estirados no chão um pouco por toda parte, prostrados pela mistura de tequila, cerveja e baseado. Fora de combate.

"A Olivia não deveria ser a sua principal fonte de informação sobre sexo – lembre-se do bafafá da piscina jacuzzi", assinalo agora para minha filha, que está desenvolvendo uma visão amorosa hipermedicalizada.

Going Hollywood, portanto. É uma doença contagiosa que excede o simples amolecimento da massa cinzenta sob o sol da Califórnia. Nós, aculturados, notamos de imediato os sintomas do "carinha que virou hollywoodiano". Ele mergulha de cabeça no deslumbre.

O vírus não é fatal, só preocupante. Atinge visivelmente os recém-chegados. Por exemplo, os representantes oficiais do Estado francês, os cônsules que se sucedem em Los Angeles desde que Romain Gary deu carta de nobreza, e atestado de insanidade, a esse posto.

Chegam a Hollywood com um look bem Quai d'Orsay[2], roupa formal, gravata. Para os homens, sapato preto. Para as mulher, tailleur severo, camisa, meia.

Isso logo se degrada. Os homens passam à camisa aberta, sem gravata; depois, à camiseta; por fim, à camisa pólo cor-de-rosa. As mulheres largam progressivamente o uniforme Saint Laurent pela minissaia de couro e pela camiseta sem manga e sem sutiã. O carro diplomático, grande e cinza, está sempre lá, em frente à porta da residência oficial, mas compram um ostentoso Cadillac conversível (velho sonho nostálgico do adolescente francês que se imaginava em *American graffiti*), do tipo que só os traficantes ainda dirigem. Com a prancha de surfe no banco de trás, prontos para os fins de semana em Malibu.

Coisa que também tinha acontecido a meus colegas do

Libération e a mim mesma, encarregados de cobrir a convenção democrata em Los Angeles que, sem nenhuma surpresa, escolheu Al Gore para enfrentar George W. Bush na eleição presidencial. Depois de termos despachado nossas matérias bem cedinho, antes do café-da-manhã (culpa do fuso horário), François, Fabrice e eu íamos à praia, em trajes de banho, com a prancha de surfe saindo para fora do conversível, alugado para a ocasião. Os outros jornalistas franceses, pálidos e fatigados, olhavam espantados quando saíamos, sentindo-se obrigados a ficar ali, à sombra, nos corredores de uma convenção em que nada acontecia.

Os cônsules, demonstrando consciência profissional, também seguem fazendo seu serviço: receber as delegações de senadores franceses que adoram organizar viagens exóticas com sua assessora de imprensa. Os representantes diplomáticos zanzam com eles um ou dois dias em Los Angeles, providenciam uma visita chata ao Getty, um encontro com os supostos *decision-makers*, um passeio pelos estúdios, um trago com os jornalistas da terrinha, e a coisa já está de bom tamanho. Há um pouco mais de tensão quando um *ancien président de la République* (no caso Giscard d'Estaing, único representante dessa espécie) vem dar uma conferência. E uma mobilização séria se *le ministre des Affaires Étrangeres* ou *l'ambassadeur* dão as caras.

Bem depressa, são as visitas das atrizes francesas (e não mais as dos senadores) o que erotiza o consulado. É mais divertido do que providenciar passaportes ou distribuir bolsas para o Lycée Français.

Estrelas, estrelinhas, atrizes iniciantes ou futuras, vêm respirar o ar de Hollywood. Passam por Los Angeles (só por acaso, dizem elas) com a secreta esperança de almoçar com um produtor, conhecer um cineasta, achar um agente. E o must: ser vistas por um diretor de elenco, O DEUS.

Para as estrelas em potencial, estamos agora no topo da pirâmide social – pois Denise Chamian, que faz o casting das superproduções americanas, vai jantar lá em casa. Aí, atores e atrizes franceses saem-se com seu melhor inglês, preparam seus books, espanam seus vídeos promocionais e fazem lobby junto a Denise.

Durante o jantar, ela comenta que estabeleceu sua reputação selecionando o elenco de *O planeta dos macacos* e, virando-se para as atrizes ao redor da mesa, pergunta em tom bastante profissional:

"Vocês gostariam de fazer papel de macaco?"

Ao fim da viagem, as atrizes não conseguem contrato nenhum. Mas às vezes arranjam marido ou, pelo menos, algum amante intercontinental. Los Angeles age feito papel pega-moscas sobre as celebridades francesas (atores e atrizes, cineastas, cantores e cantoras, roteiristas), que nos garantem: "Está resolvido, vou me mudar pra Los Angeles". Alguns o fazem.

Se um filme francês é lançado nos Estados Unidos, o consulado manda convites e oferece o coquetel para as exibições legendadas. Os cônsules deveriam promover a indústria francesa no país, mas eles, *having gone Hollywood*, procuram para seus jantares oficiais a turma do cinema, em especial os astros e estrelas – mais decorativos que os senadores.

Um cônsul que fique aqui pouco tempo terá chances de escapar, de ser reaproveitável nos corredores sombrios e tortuosos do Quai d'Orsay. Desde que torne a se vestir.

Passado o primeiro ano em Los Angeles, o vírus hollywoodiano já ganhou terreno. Atacou o organismo do funcionário.

Ganhar convite para a festa de um estúdio no Globo de Ouro ou para o Oscar já se torna *objetivo político*. O cônsul se diverte mais nos inferninhos de West Hollywood que na Los Angeles Opera. Está fazendo musculação. Ganha um *new look*, é recauchutado.

O gosto pelo efêmero, o prazer do superficial o envolvem num doce torpor. O cônsul se vê cada vez menos à vontade com a perspectiva de ir para Mogadíscio ou Kuala Lumpur.

Conseguirá voltar para a França? Abandonará em definitivo a diplomacia, o plano de carreira tendo se despedaçado nas ondas do Pacífico? Tudo é possível. Até surfar em tempo integral em Malibu, flexionando na praia os bíceps enfim sarados por horas e horas de malhação.

Ou, de súbito tomado pelo senso de realidade, deixar a Califórnia ao fim dos três anos regulamentares, esforçando-se por se livrar depressinha dessa pele de veranista do Club Méditerranée, para entrar naquela de eventual embaixador. É difícil.

Para ganhar tempo, o cônsul pode solicitar o mesmo cargo em San Francisco. Lá faz mais frio, os conversíveis são menos populares, e não se cruza com celebridades na casa de queijos. San Francisco é chata, mas ali a gente se consola falando mal de Los Angeles, essa cidade decadente e descerebrada.

[1] A Fluocaril é uma marca européia de produtos para higiene bucal. (N.T.)

[2] O Itamaraty francês. (N. T.)

Debaixo das palmeiras, a luta de classes

Tínhamos deixado com pesar nosso quarto no Loews Hotel, sua vista mágica para o Pacífico e para a grande marina circular de Santa Monica, sua piscina jacuzzi borbulhante (nas vezes em que nos deitávamos ao sol da beira-mar)...

Certo dia, volto para lá, acompanhada de Roland Castro, arquiteto comunista (ou comunista arquiteto), antigo camarada dos combates revolucionários de 68. Ele superou sem problemas seu natural antiamericanismo para vir ler o *Libération* à beira da piscina de nossa casa.

Quero lhe mostrar ao vivo a classe operária americana do terceiro milênio. E surpreender os leitores de meu jornal, demasiado habituados à crônica hollywoodiana, enviando-lhes um artigo de título provocativo: LOS ANGELES, BASE VERMELHA DA AMÉRICA.

Dessa vez, não entro no Loews, nem deixo meu carro com o manobrista amável, que, muito animado, sempre me perguntava como eu estava: "How are you today?"

Não dá para chegar perto: uma fileira de tiras a cavalo e de motocicleta circunda o hotel, que de repente fica menos paradisíaco.

Debaixo das palmeiras, a luta de classes: a chefia de cozinha do Loews se recusa a assinar o dissídio. Para azar dos donos dessa cadeia internacional (multimilionários que são pilares do Partido Democrata), os garçons e garçonetes, os lavadores de pratos, as faxineiras se tornaram uma nova vanguarda da classe operária americana. Proletários situados no fundão da escala social, freqüentemente ilegais, os mais recentes imigrantes hispânicos que vieram procurar seu pedaço da American pie, *eles reavivaram a afl-cio, venerável instituição sindical que é feudatária dos democratas, e redescobriram a tradição de combate operária.*

Em Los Angeles, os empregados das empresas de faxina que limpam os escritórios fazem greve de um mês, e os montes de sujeira chegam até os tetos. Afora alguns *cents* de aumento, eles têm outra reivindicação, moderna e vital: durante suas longas noites solitárias na obscuridade dos arranha-céus vazios, querem poder ouvir rádio enquanto trabalham, o que no momento não lhes é permitido.

Esses *guerrilleros de la limpieza* (todos latinos), marxistas modernos, logo perceberam onde está o calcanhar-de-aquiles da cidade: sentaram-se no cruzamento das duas avenidas principais (Wilshire Boulevard e Santa Monica Boulevard), bloqueando toda Los Angeles. É o que de mais radical se pode fazer na "capital do século XXI".

Ver pela TV as imagens de homens, mulheres e crianças de rostos obstinados de camponês latino-americano acaba comovendo os astros e estrelas de Hollywood, fascinados por esse remake de *Vinhas da ira* – o filme de John Ford inspirado pelo livro de Steinbeck, que fala das grandes greves dos trabalhadores migrantes nos campos californianos. Assiste-se assim a um surpreendente encontro nas ruas de Los Angeles: os atores famosos vêm apertar a mão dos latinos em greve, explicando-lhes de passagem que também possuem sindicato e estão em greve. Não levam a inconseqüência ao ponto de comparar as respectivas folhas de pagamento (acrescentem-se cinco zeros para ter o valor aproximado da diferença), mas sacam do talão de cheques para dar uma força a seus irmãos e irmãs de luta.

Serão aqueles mesmos que toda manhã sobem para a casa deles, numa migração cotidiana?

Entre as seis e as sete da manhã, a cidade baixa se desloca para a cidade alta: uma fila de caminhonetes dirigidas por homens de bigode vai para cima enquanto carros alemães (Mercedes, BMW, Porsche) vão para baixo. Os latinos sobem para podar as árvores, regar as flores, encher a piscina, construir as varandas, cuidar das crianças, limpar a casa, esvaziar as lixeiras. De noitinha, o movimento se inverte: o povo hispânico desce dos morros para a planura.

Uma réplica da irresistível migração do sul para o norte do continente americano, essa enorme pressão demográfica que faz com que a maioria dos habitantes de Los Angeles fale espanhol. O inglês vem na segunda geração, com a escola.

Em frente ao Loews, para onde arrastei meu amigo Castro, os manifestantes estão sentados no meio da rua e criam desordem na entrada desse hotel praiano. As limusines não podem mais se aproximar, e os hóspedes precisam se resignar a *andar* (uma visão de pesadelo), puxando suas numerosas malas entre as fileiras de enervados policiais de capacete.

Já nós queremos passar no sentido contrário, atravessar as linhas policiais para nos juntarmos ao povo em luta.

"We want go là-bas...", diz Roland, tentando negociar em *franglais*.

Eu o desaconselho a sacar do passaporte francês, inoportunamente investido do sobrenome Castro – melhor seria agitar uma bandeira vermelha na fuça de policiais com fogo nas ventas.

"NO!!!!... MOVE!!!"

"But... We are from Paris... We..."

O *cop* não entende que não o entendam. E está a ponto de deixar isso bem claro.

"A gente não negocia, a gente não discute, a gente dá pra trás", digo, puxando Castro. "Aqui, se um tira diz NÃO, é NÃO. Ele bate e depois discute. Ninguém vai acusar o guarda de erro policial, a menos que algum maníaco por vídeo filme tudo da janela e venda a fita pra TV. Do contrário, você vai é pro hospital, cuidar do nariz quebrado. Mas, como não tem seguro-saúde, não vão colocar você entre as urgências. Por isso, calminha."

Ele se deixa convencer. Eu, como de hábito, me esqueci de trazer a braçadeira de jornalista, que em geral impressiona os americanos – ao contrário do que acontece na França, onde a carteirinha de repórter é antes fator de risco.

Os mestres-cucas largam seus aventais para se juntar aos manifestantes do lado de fora. Na rua, os novos sindicalizados agora escandem o tradicional hino revolucionário da América Latia, infelizmente um pouco falso: EL PUEBLO UNIDO JAMÁS SERÁ VINCIDO!

Roland tem lágrimas nos olhos, o punho erguido, acabrunhado pelos flashbacks: aquilo o faz lembrar, em bloco, os revolucionários do Chile, da Nicarágua, da Guatemala, da Argentina, da Colômbia, do Brasil, do Uruguai... e de Cuba. Ele, porém, está em Los Angeles, cidade mítica do sonho americano.

Para desestabilizá-lo logo na chegada, eu tinha pegado pesado: um motorista o esperava no aeroporto, abrindo-lhe a porta de uma gigantesca limusine branca com luzes de néon violeta lá dentro, mais TV e bebidinhas. Já que Roland vinha com sua numerosa filharada, a limusine saía menos caro que dois táxis e criava logo de cara um clima de badalação e show-biz. A família se encontrava em estado de choque psicológico, tendo apenas o tempo de ficar mareada.

O trajeto do aeroporto a nossa casa pelos morros de Hollywood é particularmente feio, uma caricatura do horror urbanístico americano. Gigantescos anúncios de donuts, mais fast foods, trevos, vendas de carros usados decoradas com balões de aniversário para elevar o moral de vendedores e compradores.

É o antigo Pueblo de Nuestra Señora de los Angeles, deserto de areia e pedras, invadido no século XIX pelos gringos, a cavalo ou de trem.

Os pequenos Castro acham tudo sensacional, sobretudo o restaurante em forma de cachorro-quente.

O pai arquiteto se espanta com as dezenas de poços de petróleo cor-de-rosa que, dia e noite, perfuram o solo nos campos à saída do aeroporto:

"Eles procuram mesmo petróleo? Ter poços em plena cidade – que idéia! Eles são horrorosos".

"Mas eu até que gosto dessas torres de perfuração. Parece que a gente está no Texas, só que sem as vacas. É exótico. Eles devem ter encontrado lençóis de petróleo, pois senão não continuariam furando", digo, prática.

"E por que não enterram os fios da rede elétrica?", enerva-se o arquiteto. "Em Paris, é obrigatório. Essa zoeira de cabos e torres de alta tensão acaba com a paisagem."

"É por causa dos tremores de terra. Ou porque é mais barato."

Chegamos ao Sunset Boulevard, onde se vêem os ostentosos cartazes de publicidade de filmes e de roupitchas, ocupando vários andares dos edifícios. Uma garrafa de cerveja gigante, iluminada, faz as vezes da torre Eiffel no bairro. Bem kitsch.

"Os outdoors são a verdadeira – a única – forma de arte desta cidade", proclama em tom muito doutoral esse professor da École des Beaux-Arts de Paris.

Os jovens Castro, visivelmente mareados dentro da limusine de vidros fumê, ainda encontram forças para abrir as janelas e respirar a atmosfera daquela avenida de Hollywood, sentindo a vibração especial do Sunset – tão vulgar quanto a place Pigalle, tão estudantesco quanto o Quartier Latin, tão burguês quanto os Champs-Elysées, tão chique quanto a avenue Foch.

À noite, as casas de música, os leões-de-chácara, as bandas de rock, as bocas-quentes, mas também os cafés, os restaurantes franceses, a Book Soup (melhor livraria de LA), as lojas de discos e de vídeos, os cinemas, as butiques de luxo. Em resumo, um pedaço de cidade numa cidade que não existe.

O Sunset Boulevard ("avenida do Crepúsculo") começa no Pacífico, como panorâmica estrada de montanha escarpada, para acabar na decadência hollywoodiana. Ou, no sentido inverso, larga das boates para recuperar a saúde nas ondas (caso se esteja sóbrio o suficiente para não falhar nas curvas).

Bem depressa, o parisiense-arquiteto-comuna vai virar hollywoodiano, *he's going Hollywood*, apesar da camisa-de-força mental que o protege do americanismo.

Ao amanhecer, ele desce o morro CORRENDO (e ofegando) atrás do primeiro maço de cigarros, já preocupado, ao fim de uma semana em Los Angeles, com a silhueta e a musculação. No Sunset, ele ruma para a Book Soup, onde encontra (que felicidade!) *L'Équipe*, *Le Monde*, *Libération* (o *Le Humanité* desistiu do mercado americano), com apenas um dia de atraso em relação às bancas parisienses. Dá para agüentar. Tranqüilizado, ele desfruta um cappuccino, o equivalente californiano da taça de vinho tinto. Antes de encarar a volta.

Torna a subir o morro a duras penas, tão devagar que pode apreciar o calor seco, as plantas tropicais, as flores, os cactos. Caminhada de alto risco: não existe calçada, e as caminhonetes dos jardineiros mexicanos, *muy machos*, desprezam o pedestre isolado na estrada. Outro maço de cigarros, e ele pula na piscina, lê os jornais na jacuzzi ligada, um rito local.

Após essas práticas horrivelmente saudáveis, pode-se traçar um rango e discutir política. Tipo: globalização (fora com ela!), *stock options* (idem), intervenção americana na Iugoslávia (eu a favor, eles contra), comunitarismo (eu a favor, eles contra). Tudo ao sol, à beira da piscina, com a cidade lá embaixo.

Isso desanuvia a cuca. Lembro-me da primeira vez que voltei a Paris, após seis meses de Hollywood, de histórias sobre os estúdios, de ioga, de sushi. Uma noite, eu estava num bar, o La Closerie des Lilas, sentada entre dois caras que batiam boca discutindo o fim (ou não?) do liberalismo. Achei empolgante se enervar por causa do futuro do liberalismo, em vez de falar de fulano ou sicrano que quebrou a cara nas bilheterias ("Dez milhões de dólares no primeiro final de semana, um fiasco") ou que foi demitido do estúdio e agora não consegue mais manter o jatinho.

Aliás, para restabelecer um pouco de realidade na cidade do efêmero, eu tinha levado minha filha *downtown*, à cidade baixa, a dos sem-teto que dormem ao relento, entre os arranha-céus brilhantes; a das gangues que atiram sem sair do carro; a dos amotinados que, em 1992, pilharam e queimaram bairros inteiros.

Saio para fazer reportagem sobre as "outras" vítimas dos ataques terroristas de 11 de setembro de 2001. Homens e mulheres que perderam o trabalho nos hotéis, nos restaurantes, nos aeroportos, quando os americanos pararam de viajar, cancelando suas férias e convenções – paralisados pela angústia e pelo medo, aterrorizados com a idéia de pegar avião, sofrendo com a crise e o luto. Fora dos Estados Unidos, ninguém conseguirá compreender a amplitude do trauma causado pelos aviões-bombas que se espatifaram contra aquelas torres de Nova York.

Na sede do sindicato dos empregados em hotelaria, uma multidão hispânica vem pedir socorro. Os ataques de 11 de setembro esvaziaram os hotéis de Los Angeles e San Francisco, levaram os restaurantes à falência, arruinaram a indústria turística na Califórnia. Faxineiras que já não conseguem pagar o aluguel fazem fila para receber comida, arroz, leite, lataria. Garçons, garçonetes, auxiliares de cozinha demitidos querem que lhes expliquem como se inscrever para receber o seguro-desemprego. Alguns estão legalizados, outros não, mas o sindicato não faz distinção.

Minha filha descobre o impacto da onda de choque sobre essas pessoas muito distantes do World Trade Center e da Wall Street. Famílias sem cartão de crédito e sem conta no banco, logo, logo obrigadas a morar na rua.

Ao visarem os Estados Unidos, os terroristas do 11 de setembro mataram, massacraram mesmo. Mas também jogaram na miséria os mais vulneráveis. Os menos americanos.

Nóias de todo tipo

Aqui faz sempre calor, enquanto o resto do país tirita no gelado. É muito desestabilizador, a gente perde as balizas naturais, o calendário se vai, o ano fica maluco: toda manhã, precisamos lembrar que estamos no inverno.

Nesse final de janeiro de 2003, Susan Sarandon, com maquiagem sóbria, aparece num anúncio de TV contra a guerra: "O que foi que elas nos fizeram?", pergunta ao público, enquanto se mostram imagens de crianças iraquianas.

Já Bush faz sua grande reaparição com o discurso sobre o estado da União. Antes de falar de seu tema favorito (Saddam), ele nos anuncia que está muito preocupado com a Aids na África.

De onde vem esse interesse repentino e exótico? Um comentarista político sugere que se trata de surpreender os jornalistas, que correm o risco de dormir durante o discurso (tal qual o senador Teddy Kennedy, focalizado num close por câmeras cruéis), pois o essencial do discurso "histórico" já se conhece, tendo sido passado para a imprensa há dois dias.

Imagino politólogos com muito jogo de cintura, que, encarregados de redigir o pensamento presidencial, coçam a cabeça: "Além de planejar o assassinato de Saddam Hussein, o que mais poderíamos lançar como grande causa humanitária internacional?... Ah, já sei! A AIDS! Todo mundo é contra. E a Aids na África é indiscutivelmente humanitária. Já na China os doentes são comunistas, não serve. Assim, vamos à Aids na África!" Genial, devem ter pensado os assessores do presidente.

O tom bushista é cada vez mais belicoso, assim como os deslocamentos de tropas. Ao fim do discurso de Bush no Congresso, o telefone toca. O pai, no primeiro dia de filmagem de seu *Beirute* em Túnis, desespera-se no meio da noite (para ele).

"Perdi a atriz americana", geme lá no distante Magrebe. "Até aí, tudo bem, eu não a queria mesmo. Mas a gente já começou a rodar, e não tenho atriz nenhuma!"

Já lhe tinha acontecido de *perder* uma atriz, mas ela pelo menos havia começado a trabalhar no filme: era em Israel, e a atriz, Kelly McGillis, sumiu uma noite, tendo ido passear sozinha por cidades palestinas desconhecidas. Fez isso à maneira das verdadeiras estrelas, ou seja, sem dinheiro vivo, sem falar nenhum dos idiomas locais e sem a menor idéia de onde se encontrava. Um morador a abrigou e, pela manhã, a deixou na estrada para que pudesse voltar ao hotel em Tel-Aviv. Pelo menos, foi o que ela nos contou, reaparecendo no set, onde as filmagens haviam parado, com a equipe tecnicamente desempregada por falta daquele material humano.

A situação de agora é mais grave. A atriz que deveria interpretar o papel principal em *Beirute* (nunca consigo lembrar o nome dela, mas tem no currículo uma notória gesticulação num filme em que contracena com Jackie Chan) nem chegou à Tunísia. Ela, porém, não DESAPARECEU de verdade; continuou em Los Angeles, permanentemente conectada ao agente, ao *manager*, ao cabeleireiro, ao professor de ioga, ao advogado.

Aliás, é o advogado quem liga para Túnis às quatro da manhã, grosseiro, indiferente ao vulgar problema do fuso horário.

Primeiro, ele tinha querido que a produção assinasse a "cláusula das tetas".

Em inglês jurídico, *nipple clause*, a proibição de filmar os bicos dos seios. Nenhum grande obstáculo: saem as tetas. Depois dos peitos, a guerra. A atriz talvez tenha visto Bush na TV e ficado com medo. Repentinamente preocupada. Não com o bem-estar dos iraquianos, mas com o seu próprio.

"O advogado escreveu no plural de majestade: 'NÓS, o *manager* e eu, exigimos um jato particular no aeroporto de Túnis, pronto para a qualquer momento durante TODA a filmagem, a fim de evacuar nossa estrela em caso de guerra com o Iraque'", conta, exausto, o produtor-diretor, que chegou ao fundo do poço cinematográfico. "'Eu me disponho a pagar trailer de luxo e guarda-costas, mas avião, não', foi o que eu disse pra ele. 'São quatro da manhã, vou rodar um filme de manhãzinha, tô precisando dormir.' 'Não tenho tempo de discutir com o senhor agora', respondeu o advogado. 'Tenho que ir a um jantar.'"

"E aí?"

"Ah, essa foi demais. Eu disse 'Fuck you!' e desliguei. Que ele vá tomar naquele lugar. Em Hollywood, só tem doente da cabeça..."

"Ele deve ter olhado Túnis no mapa: bem no meio do Iraque. Na fronteira com o Irã."

Cagaço. O americano costuma hesitar antes de pôr o pé fora de seu querido continente, e das camas duplas, tão familiares, do Holiday Inn. Tem medo de afrontar esta gente de modos bárbaros – os não-americanos.

Bush acaba de dizer que a América vai se sacrificar, sozinha se necessário, pela "liberdade dos outros", mas o povo americano prefere não ver de muito perto esses outros.

A paranóia se agrava ao máximo no microcosmo narcisista das "celebridades" e de suas rodas. A atriz, seu agente, seu *manager* e seu advogado têm uma visão confusa da situação. Deveriam lhes explicar que Los Angeles talvez seja tão perigosa quanto Túnis – muito embora ali a sinagoga de Djerba já tenha sido destruída.

Deveriam recordar a preocupação dos responsáveis pelos estúdios, depois do 11 de setembro, que descobriram que a tríade "Hollywood-cultura decadente-judeus" podia constituir um alvo simbólico interessante para os islamistas. Na Universal, durante uma reunião sobre segurança, chegaram a cogitar de tirar o letreiro no alto do prédio, para confundir os terroristas e não permitir que eles pusessem o estúdio na mira. Naquele dia, Ron Meyer, o diretor-presidente da Universal, antigo associado e hoje inimigo jurado de outro magnata hollywoodiano, Michael Ovitz, até disse, só para provocar:

"E se puséssemos o letreiro UNIVERSAL na casa de Ovitz?"

Outrora o homem mais poderoso de Hollywood, Michael Ovitz, agente e depois chefão na Disney, acabou caindo das alturas e soçobrando na falência. Com indiscutível mau gosto, ele se autodestruiu quando acusou "a máfia gay" de Hollywood de estar na origem de sua queda.

Judeu como todo mundo em Hollywood, Ovitz poderia ter sido mais específico e denunciado abertamente "a máfia gay judaica", o que corresponderia à realidade, mas ele não ousou fazê-lo.

Se LA é tão mais animadora que Túnis (por exemplo) para essa atriz e seu advogado, é de perguntar por que as belas casas deles são equipadas com vários sistemas de alarme, complementados por milícias particulares que circulam pelas ruas para o caso de alguma carroça americana, cheia de negros a ouvir rap no volume máximo, se aventurar por aquelas paragens: os negros seriam interceptados na primeira esquina e, não sendo malucos, nem dariam as caras. "Aqui, pelo menos, eu não corro risco nenhum", pensa a atriz que contracenou corajosamente com Jackie Chan, o astro que dá pontapé. Está tranqüila em sua cidade de sonho, procurando não bater contra os outros carros nas vias saturadas (contornando os veículos que capotam e pegam fogo, em trombadas provocadas por caras que não sabem dirigir) para visitar seus amigos atores nas clínicas de *rehab*, quando não estão no tribunal por terem dirigido embriagados ou furtado coisas nos grandes magazines, a exemplo de Winona Ryder. Com um pouco de sorte, não vai levar uma palmeira no meio da moleira quando houver o próximo tremor de terra.

Astros e estrelas, de maior ou menor grandeza, todos são vítimas da mesma síndrome da nóia aguda.

Quando o francês Stéphane pôs sua casa à venda, o corretor imobiliário foi contatado por um advogado – mais um. "Meu cliente, muito conhecido, deseja olhar a casa", proclama o sujeito, com a sensação de importância que vem com a expressão "muito conhecido". "O senhor precisa assinar um documento, garantindo por escrito que ninguém o verá na casa quando ele lá for, sob pena de sofrer ação judicial." O esporte favorito dos americanos. O corretor assina sem hesitar e estabelece o tal vazio.

Especulamos então sobre qual seria essa personalidade tão importante que precisa de um cordão sanitário em volta da casa. (Também propusemos atiradores de elite nos telhados, mas advogado não tem senso de humor.) Leonardo di Caprio? Já possui casa ao lado. Nicole Kidman? Não há espaço para as crianças e as babás. Cameron Diaz?

A personalidade tão importante termina não sendo outro senão Keanu Reeves, que eu não reconheceria num restaurante se estivesse na mesa vizinha. Mas minha faxineira salvadorenha, que acaba de ser contratada por um ator, também já começou assinando um documento: ela promete (sob pena de sofrer ação judicial, é claro) nunca mencionar a ninguém o nome do astro em questão. Não vou dizer quem é, para que ela não enfrente um processo. Direi apenas que é do tipo brutamontes e imbecil. Pode ser que ele se reconheça.

Cidade aprazível, esta nossa Los Angeles. Tranqüilizadora.

À tarde, saio com meu filho para comprar um skate novo – com os *bearings* indispensáveis para que possa aprimorar seus *ollies*, *grinds*, *slides* e *kickflicks*, ele me explica, em linguagem hermética de skatista.

A loja de artigos esportivos, no limite dos bairros do sul de L.A., o gueto negro e o hispânico, vende skates... e armas de fogo. Jovens negros, num grupo compacto, boné ao contrário e calças baggy de rapper, entram na loja ao mesmo tempo que nós, passam se sem deter pelas varas de pesca e vão direto para o balcão das armas. Compram munição e saem. Com certeza, vão caçar javalis pelas ruas de Los Angeles.

Sem dúvida, a atriz pode se tranqüilizar lendo as estatísticas do *Los Angeles Times* (embora ela deva folhear só a *Hollywood Reporter* e a *People*): os jovens negros se matam uns aos outros. Um preto tem quatro vezes mais "chance" de morrer baleado que os outros habitantes da cidade. As gangues da South Central continuam sua guerra civil no gueto, a alguns quilômetros de Beverly Hills, onde não se ouve o barulho dos tiros.

Esticado na maca, prestes a ser operado de apendicite, meu filho já tinha visto a concorrência chegar ao Cedars Sinai, hospital em que até Spielberg se trata: nesse dia, seu lugar na mesa de cirurgia foi tomado por um anônimo (a etiqueta diz "John Doe", nome genérico para todos os desconhecidos), com cinco balas na barriga. Policiais seguiam os enfermeiros, que corriam como no seriado *Plantão médico/E.R.* Esperamos no corredor.

"Não tem jeito de escapar dessa – cinco balas é muito", explica-nos, muito técnico, um dos policiais, deixado de guarda à porta, para o caso de o sujeito querer fugir com aquelas balas no bucho. "Nós o achamos no chão, sem identificação nenhuma, mas vivo. Acerto de contas entre gangues."

Pessimista, ou com pressa de voltar para casa, o policial se enganou: o anônimo sobrevive graças ao empenho dos cirurgiões, que deixam de lado a crise de apendicite de meu filho para extrair as balas. Meu filho falta à escola, mas aprende uma lição de *diversity* em Los Angeles, cidade onde se pode encontrar na calçada um jovem negro sem identidade e com cinco tiros na barriga.

"Diversidade", a palavra que faz estragos nos colégios e faculdades americanos do terceiro milênio. Minha filha, que já começou a estudar na University of Southern California (USC), em Los Angeles, é obrigada a fazer cursos de *diversity*. Sob essa rubrica, as universidades enquadram os estudos sobre tudo que não é branco, masculino e americano. Por conseguinte, cursos sobre os amarelos, os negros, as mulheres, as populações primitivas ou, melhor ainda, as mulheres negras, os índios primitivos...

Por que não dar pura e simplesmente a esses cursos acadêmicos o título "Programa especial de contrição do homem branco com sentimento de culpa"?

Atualmente, a nóia geral dos Estados Unidos ampliou a lista de países a boicotar caso se seja americano – para além das zonas de alto risco do Islã.

Certa manhã, dou uma parada no La Conversation, um café francês (a tricolor fincada no telhado destoa num oceano de estrelas-e-listras) que, apesar de seus excelentes bolos, eu costumo evitar, pois sou alérgica às toalhas xadrez e à renda francesa no meio de Beverly Hills. Agora, os consumidores do café-da-manhã francês engolem a raiva que sentem. Raiva dos franceses, não dos croissants destes.

"Não, não vou à França, nem a Paris, vou ficar aqui no verão!", declara com ênfase um californiano musculoso, de calção e regata, que lê o jornal tomando cappuccino e comendo croissants. “Não vou dar dinheiro pra esses *covardes*. Que, aliás, nos detestam.”

“É verdade, as pessoas não deveriam mais passar as férias na França”, diz, desconcertado, seu vizinho de mesa, que tem visual mais nova-iorquino (não está seminu, ainda usa calças e camisa). “Além disso, são todos uns anti-semitas. Você viu os ataques contra as sinagogas?”

“Vi... A troco de que eu vou a Paris pra ler *Jews go home* pichado nas paredes? Acabou. Vamos esquecer Paris. Neste verão, talvez a Espanha...”

Não intervenho na discussão. Às sete da manhã, praticamente de pijama, sem ter feito a maquiagem nem o penteado, é demasiado difícil encarar as gravissimas questões do antiamericanismo e do anti-semitismo. Vou embora com meus croissants quentinhos.

Ainda mais porque na véspera, durante um jantar, eu já havia me abalado com um sentimento estranho e absolutamente novo: o de ter colado na testa o rótulo FRANCESA E COVARDE.

Uma noitada agradável, sem perspectiva de conflito com nossos amigos americanos Bob e Wendy, fanaticamente apaixonados pela Provença, gamados pelo azeite de lá e pela vista dos montes Alpilles que se tem da varanda de sua magnífica residência em Saint-Rémy-de-Provence. Ex-chefão de estúdio, Bob é o modelo do multimilionário judeu progressista, à moda de Hollywood. Um democrata de carteirinha.

A coisa começa quando estamos nos tomates-mozzarella:

“Bush tem muita razão em ir à guerra com Saddam Hussein. O Relatório Blix PROVA que ele tem armas nucleares e bacteriológicas. Armas de destruição em massa. É preciso detê-lo antes que as utilize".

"Eu ouvi Hans Blix apresentar seu relatório à ONU, e não foi isso que ele disse. Pelo contrário", saliento, absolutamente calma.

Bob se enerva. Tal qual um stalinista explicando em 1956 que os tanques soviéticos precisavam entrar em Budapeste porque a contra-revolução ameaçava a Hungria, ele age com absoluta má fé:

"Eu ouvi o Relatório Blix, sei muito bem o que ele disse", insiste.

"Eu também ouvi. Aliás, no *New York Times*, Blix contradiz Bush, repetindo que os inspetores não acharam nada que justifique uma guerra."

Aí, Bob fica bravo:

"Vocês, franceses, estão sempre prontos pra deixar HITLER em paz", berra, "desde que possam vender as suas armas, construir usinas nucleares pros iraquianos e fazer negócio com os ditadores do mundo inteiro".

Sua mulher diz, para bater o último prego no caixão da França:

"De resto, vocês odeiam os americanos porque nós já os salvamos duas vezes", ela arremata, num resumo psico-histórico.

Eu, portanto, viro principal defensora de Saddam-Hitler, juntando-me à manada dos típicos covardes franceses, que deveriam ser chamados de muniquenses – mas aí já seria necessário conhecer um pouco de história européia.

Considerando o sensacional pernil de carneiro ao alho, tenho de fazer uma escolha: ou me enervo, ou toco a falar do Oscar.

Será que devo lembrar os dois de que os americanos não ergueram nem um dedo quando Hitler se apossou da Europa? Ou de que só começaram a se interessar pelo problema quando *eles mesmos* se deixaram pegar pelos "japas" em Pearl Harbor? Ou de que, embora eles pareçam ter-nos salvado a *todos*, não o fizeram para as dezenas de milhares de refugiados do nazismo aos quais recusaram o visto de entrada neste belo país? Ou de que os judeus americanos – os pais desses amigos que estão à nossa mesa – demonstraram um silêncio extraordinário enquanto seus primos da Europa eram massacrados? Aliás, foram tão discretos quanto os chefões de estúdio de Hollywood na época, judeus dos quais Bob é orgulhoso descendente.

Ou será que devo deixar Bob, o Progressista, se tornar um bushista salvador da liberdade mundial? Tento um último argumento racional (o que sabemos das terríveis armas que Saddam teria guardado em seus porões?), mas vejo que a mecânica mental de Bush já ganhou as massas, mesmo democratas.

Não adianta desperdiçar o pernil de carneiro. Lancemos o debate sobre os costumeiros ardis dos estúdios para paparem o Oscar, esse tema sazonal.

Flashback em estéreo: o mesmo mal-estar e agressividade ao redor da mesa, o mesmo excelente pernil de carneiro ao alho, mas a cena se passa algumas semanas antes, do outro lado do Atlântico. Em Paris.

Após duas, três, quatro taças de vinho tinto com meus camaradinhas de esquerda, a discussão também é difícil. Tento moderar a histeria antiamericana que os torna tão caricatos quanto os antifranceses histéricos.

"Vocês acham que os franceses podem dar lição de moral aos americanos? Que audácia!", digo a esses meus amigos. "Vocês protestaram quando os americanos bombardearam os 'pobres' sérvios, mas quem libertou Sarajevo e o Kosovo? E o que fizeram os franceses? Enquanto a Europa ficava comendo batata frita em Bruxelas..."

Em Paris, ouvem-me com menos desprezo, com ar gentil, tal qual se olha para uma coitada debilitada por alguma doença crônica. Esperando que ela se restabeleça.

"E por que vocês se baratinam tanto no caso de Saddam?", continuo, imprudente. "Se ele dançar, quem vai chorar? Salman Rushdie tem razão em dizer que, apesar de tudo, não vai protestar nas ruas pra salvar Saddam Hussein."

Dessa vez, eu me passei para o campo do imperialismo texano.

Ela sofreu lavagem cerebral dos americanos. Está vendida às companhias de petróleo. Ao sionismo internacional. Ficou lelé. Tomou sol demais. Longe de Paris e da esquerda intelectualizada... Ficou isolada demais para refletir. No país dos boçais, como dizia minha prima.

De um continente a outro, sacam-se seus respectivos espectros de vilão: Saddam-Hitler contra Bush, o Vampiro. Como cansam os estereótipos idiotas! Em Paris ou em L.A., ainda gostam de mim, sou sempre convidada para jantar, mas preferem não discutir comigo sobre coisas sérias – por exemplo, a guerra ou a paz...

Covarde francesa de um lado. Fascista pró-americana do outro. Posso escolher. Que sorte.

Trouble in paradise

Acabo de terminar o capítulo "Nóias", e eis que às seis da manhã a tela de minha TV pisca freneticamente em vermelho: NEWS ALERT, NEWS ALERT...

As redes tendem a pôr no ar "boletins extraordinários" por causa de qualquer deslizamento de morro, ou de Michael Jackson na cama com suas criancinhas, mas agora é sério: "A nave espacial não responde mais", anunciam. Meia hora depois, um comunicado lacônico da Nasa: "*Columbia* is lost".

A *Columbia* está perdida só porque sumiu temporariamente das telas de controle? Ou ela está perdida para sempre? Pelo tom dramático, entende-se que a Nasa disse adeus à possibilidade de retorno da nave.

Se vejo noticiário de madrugada, não é por um acesso agudo de consciência profissional. Tendo saído da cama no meio da noite para abrir o portão para minha filha e suas amigas (não levou a chave, é claro), não consegui voltar a pegar no sono. Como etnólogas dos costumes de Los Angeles, elas haviam aceitado participar de um rito de passagem neo-sexual da tribo universitária local: *the Invit*.

Já se mencionou que minha filha não está mais no Lycée Français. Ela conseguiu seu famoso *bac*. PARA NADA! Um papelucho em francês que as comissões de admissão das universidades americanas consideram um certificado de estudos para subdesenvolvidos do Terceiro Mundo. O que é particularmente injusto, após as noitadas de latim, os anos de estudo de literatura, as três línguas estrangeiras, o mergulho fascinado na filosofia – tudo coisas desconhecidas para os alunos das *high schools*, que não têm necessidade de saber ler e escrever. A eles se ensina como responder a testes mecânicos que devem avaliar o funcionamento de seus cérebros, não a cultura deles. Com um pouco de grana, os pais pagam personal trainers (como aqueles que vêm para ajudar a endurecer o traseiro, embora não sejam os mesmos), e a petizada aumenta sua pontuação nos testes do SAT: agora, irão para alguma universidade prestigiosa, onde conhecerão outros filhinhos de papai e alguns bons jogadores de basquete negros. Ainda mais se o pai é ex-aluno, deu uma contribuição financeira à universidade ou fez as duas coisas (o mais seguro para garantir a admissão do pimpolho).

Ademais, caso se queira despertar a simpatia da comissão de admissão, é bom ter-se mostrado dedicado à comunidade, indo pintar a casa de uma velhinha no gueto ou levando as crianças latinas para surfar. Atividades hipócritas que dão excelente currículo.

O sistema de seleção é aberrante, mas os resultados são convincentes: as universidades conseguem remediar em marcha acelerada a incultura dos colegiais. Senão, como se explicariam os montes de prêmios Nobel aquinhoados todo ano por pesquisadores americanos?

Minha filha, que não levou nenhum pirralho para surfar, mas que pintou a casa de uma velhinha na South Central LA, é solidamente prejudicada por sua instrução *made in France*. Além disso, não foi adestrada desde o berço a passar em testes com questões de múltipla escolha. *Miraculosamente*, é admitida na University of Southern California e, sobretudo, na faculdade de cinema dessa universidade: a USC School of Cinema and Television, a mais concorrida do país, apadrinhada por Spielberg, Lucas e Zemeckis.

No primeiro dia de aula, há 30 mil universitários e universitárias e só uma garota de salto agulha e saia Dolce & Gabbana.

O estudante americano normal, de bermuda e sandália baixa, anda com passo rápido, circula de skate ou de magrela. Já minha filha, empoleirada em sua sexy sandália de salto alto, com os pés cobertos de bolhas, apega-se à tal *exception culturelle française*.

Eu a acompanho para evitar que ela desista dos estudos logo de cara. Ainda mais porque a universidade distribui um folheto com dicas que devem ajudar os estudantes estrangeiros a se adaptar à vida universitária.

"Os americanos lavam-se com freqüência e têm horror aos odores corporais", diz o folheto, que recomenda o uso de desodorante, subentendendo-se que os estudantes estrangeiros fedem. Para que não se corram riscos, o folheto aconselha prudentemente aos estrangeiros que não se aproximem demais: "O americano não gosta de contato corporal. Mantenha certa distância de seus interlocutores – por volta de cinqüenta centímetros".

Ao fim do primeiro dia, compreendem-se os objetivos a atingir: fazer amigos, ter relações para o futuro, ter experiências se-xuais, arranjar namorado, talvez marido ou mulher. Tarefas pesadas, que tomam toda a energia do calouro, o qual, sozinho num ambiente propício à insegurança, acaba de deixar a família (a milhares de quilômetros dali) e não sabe sequer fazer um macarrãozinho ou lavar uma roupa de baixo.

"É MUITO DURO, eu sei", explica-me Linda, a advogada, que, com razão, me considera uma sentimentalóide frouxa e patética. "Mas eu não estaria onde estou hoje (nos píncaros de Hollywood, ou seja, milionária) se não tivesse saído de casa aos dezoito anos. A independência, o individualismo, é o que faz o sucesso de nós, americanos."

O computador que, garante o folheto, escolhe os *roommates* "segundo as afinidades", deve ter dado pau: a parisiense de salto alto ganha para colega de quarto uma habitante de Las Vegas cuja mãe é crupiê e que se alimenta apenas de lasanha congelada. A moça trouxe seu microondas e seus pratos de papel e especifica que é alérgica a fumo e perfume. Minha filha desembarca com seus cigarros, suas essências caras, suas minissaias e seu sofisticado DVD portátil de tela plana.

Dois fracassos de integração pré-programados. Já as vizinhas do mesmo andar são modelos de sucesso universitário: em apenas uma semana, conseguiram agarrar este artigo precioso, *the Boyfriend*, com os quais assistem TV no sofá, tomando muita cerveja.

Quando minha filha recebeu proposta de ir ao *Invit*, eu a encorajei. Era uma oportunidade, pensava eu, de estabelecer uma ponte sobre o fosso cultural entre a Francesa e o Estudante Americano - fosso que rapidamente se transformava num Grand Canyon.

O costume manda que os rapazes, reagrupados numa fraternidade (corporação de estudantes do mesmo sexo, funcionando segundo o princípio de um batalhão dos Fuzileiros Navais americanos), lance uma vez por mês um *Invit* ao sexo oposto, à semelhança das lulas no cio (que morrem nesse processo).

Nos campi dos Estados Unidos, o sistema de corporações arcaicas, designadas por letras gregas, tem a função de estabelecer um vínculo sólido (preferencialmente não-homossexual, conforme esperam os pais) entre os rapazes nas *fraternities* e as moças nas *sororities*. Em seguida, é preciso organizar os cruzamentos das duas espécies, atividade essencial do primeiro ano de faculdade.

É aí que intervém *the Invit*.

Versão universitária do *high school prom* (o baile de formatura do secundário, ou, mais precisamente, a última noite para que meninos e meninas percam a virgindade antes de seguirem para o curso superior), *the Invit*, segundo a descrição de minha filha, parece uma aula de recuperação para os casos em que, como no filme *American pie*, a meta de desvirginamento não tenha sido (completamente) alcançada durante o *prom*.

Na noite do *Invit*, os rapazes tiram a bermuda e a sandália de todo santo dia, vestem smoking, convidam uma moça para a noitada, pagam as bebidas e, sobretudo, o manobrista (estamos em LA). Em troca, esperam alguma gratificação sexual, seja parcial, seja total.

"Sobraram três calouros que não tinham achado acompanhante. Estavam devastados. Um deles, que eu conheço, me propôs ir desde que eu levasse duas amigas. Senão, os três carinhas não poderiam pegar o ônibus da universidade que vai para o *Invit*", explica minha filha, incluída entre os saldos de última hora.

Ela recruta duas amigas francesas.

O encontro para o *Invit* é no bar do Bel Age Hotel, no meio da loucura que é o Sunset Boulevard numa sexta à noite. As francesas não podiam imaginar que, para esse evento, as modernas estudantes da USC na Los Angeles do século XXI se transformam em meninas que se preparam para o baile de debutantes em Dallas ou Kansas City: vão à manicure, à pedicure, à depilação, ao cabeleireiro, e saem de vestido de lamê.

As três francesas, usando jaquetas jeans e calças pretas, já criam bagunça. Na entrada do hotel, são recebidas por seus *dates* – de smoking, os gentis cavalheiros que as acompanharão na noitada.

O de minha filha começa por jogar a culpa para cima dela:

"Não entendo nada do que você fala, com esse seu sotaque francês incompreensível", diz, desagradável.

Loser! Com táticas de sedução assim brilhantes, não era de estranhar que ele não tivesse arrumado garota.

A outra francesa, porte de modelo, viu-se com um rapaz minúsculo. O acompanhante da terceira tinha medo de dançar.

"Uns nerds", explica minha filha, que arranja coragem para zombar dos bons alunos quando o irmão não está no recinto. "No final, quando a gente disse que tinha *boyfriends* em Paris, eles quiseram MORRER. Nos largaram na mesma hora e voltaram a beber com os amigos. A gente, pra se consolar, foi tomar umas no Sunset. Lá, conhecemos uns caras bem simpáticos."

À parte a consumação sexual, a outra função científica do *Invit* é medir o grau de resistência alcoólica: trata-se de comparar a capacidade de ficar em pé relativamente ao volume de álcool absorvido. Balanço geral: resistência quase nula. Algumas garotas bebem até cair, o resto titubeia, e todo mundo é despachado no ônibus, providenciado justamente a fim de que os estudantes não atropelem alguns pedestres ao voltarem para o campus dirigindo seus próprios carros.

Quando termino de ouvir a monografia detalhada sobre a noitada das três garotas (que não param de rir), já é de manhãzinha. Sem pensar, ligo a TV, sintonizada na CNN.

O choque é terrível. Inesperado. Incompreensível. Tal qual as torres de Nova York que desmoronaram em 11 de setembro de 2001. Um *déjà-vu* da morte ao vivo nas telinhas americanas.

A velha nave *Columbia* havia partido para um vôo de rotina que não interessava a ninguém. Exceção feita aos israelenses (o povo hebreu, pela primeira vez em sua história, mandava um circunciso ao espaço) e aos indianos (que reivindicavam sua jovem astronauta naturalizada americana).

Saddam, é óbvio, deve ter pulado de alegria. Deliciado com a morte de Ilan Ramon, o astronauta israelense, que tinha sido um dos pilotos que bombardearam seu querido reator nuclear Osirak, construído pelos franceses. Ainda por cima, Ramon, filho e neto de sobreviventes dos campos nazistas, havia levado para o espaço uma imagem da Terra vista da Lua, desenhada por um menino de treze anos que foi morto em Auschwitz. Esse desenho também acabou queimado.

A explosão da nave foi filmada por amadores texanos, fascinados pelos *bangues* e pelo rastro fulgurante no céu, que já haviam nos impressionado quando, no ano anterior, a *Columbia* tinha passado acima de nossas cabeças, obrigada a pousar na Califórnia porque um furacão soprava sobre a Flórida.

Dessa vez, nada de aterrissagem, só restos materiais e humanos espalhados por milhares de quilômetros, os americanos de luto coletivo, incrédulos, revivendo as inacreditáveis imagens das torres que desabavam diante de seus olhos. Dan Rather, o âncora da CBS, já havia chorado em 11 de setembro de 2001. Agora, contenta-se com uma rouquidão emocionada, repetindo: "Our heroes, our heroes, OUR HEROES". Depois dos bombeiros do World Trade Center, os astronautas.

Meu filho, que assiste às imagens pela TV como já assistiu ao vivo àquelas dos aviões que se espatifaram contra as torres de Nova York, acaba desligando o aparelho:

"Tô cheio disso. Tava me deixando deprê. Além do mais, não é o Holocausto. É um baita acidente, só isso".

Minha filha, mais emotiva, chora. Lembra-se de ter conhecido o astronauta israelense em Los Angeles, um homem muito simpático que tinha feito um belo discurso sobre a paz. Ela torna a ligar a TV, para acompanhar o drama.

Bem depressa, sobre as lágrimas coletivas do país, a pergunta: seria possível evitar as catástrofes? Ou, de modo brutal: os americanos são liderados por um bando de totais incompetentes?

O terrorismo, este se imagina que seja difícil prever. Contudo, antes do 11 de setembro, o "bando de incompetentes" no poder tinha jogado no lixo relatórios de modestos e conscienciosos agentes do FBI que acharam esquisito o treinamento de certos pilotos árabes nos EUA. Por que esses aprendizes de pilotos preferiram saltar a útil lição "Como pousar seu 747"?

E, se ainda havia dúvida sobre a competência dos serviços secretos americanos, ela se transformou em certeza quando, depois dos atentados, vimos aparecer pequenos classificados do FBI e da CIA: "URGENTE. Precisa-se de tradutores árabe-inglês". Um pouco tarde. Antes, como faziam para decifrar as comunicações entre eventuais terroristas?

Quanto à horrível explosão da nave, choram-se os sete heróis da *Columbia*, mas a Nasa começa a reconhecer que talvez tenha cometido erros. Os cortes de orçamento, a idade da nave, um diagnóstico ruim. Descobre-se que, lá também, um engenheiro, Robert Daugherty, tinha enviado um e-mail em que demonstrava preocupação com as telhas de isolamento térmico danificadas nos lançamentos, estimando que havia risco de superaquecimento e que talvez fosse necessário pensar em outro procedimento de reentrada na atmosfera. Sua mensagem não conseguiu atravessar as camadas estratosféricas da Nasa para chegar aos responsáveis pela missão.

Essas telhas (na realidade, grossos quadrados que protegem a nave do calor extremo) tornaram-se estrelas na mídia. Ficamos sabendo (parece até esquete humorístico sobre o politicamente correto) que as telhas antigas tinham sido substituídas por outras, de um material mais frágil. Por quê? PARA NÃO POLUIR A ATMOSFERA. No entanto, não havíamos pedido para proteger a camada de ozônio a qualquer preço.

Pascal, chefe da sucursal do *Libération* em Washington, é um rapaz que adora histórias gozadas. Às vezes, porém, leva as coisas a sério.

Pensando desarmar o lance que, como bom enxadrista, ele já antevê, Pascal despacha sua matéria para Paris com um recadinho: "Por favor, evitem usar o título 'Une tuile pour la Nasa[1]'!"

"Você marcou bobeira, Pascal. Deu pra eles um jogo de palavras em que não tinham pensado – vão cair em cima disso. Não se resiste a uma manchete dessas", digo-lhe, realista, após longos anos de jornalismo.

"Impossível! É besta demais", responde Pascal, confiando no QI de nossos colegas parisienses – e de nossos leitores.

No dia seguinte, ele fica furioso, e eu rolo de rir. O jornal, é claro, sai-se com esta manchete enorme: "*Columbia*, une tuile pour la Nasa".

Para uma atualidade surreal, mudanças surreais. No dia subseqüente, uma notícia policial sacode os fãs do rock e o mundinho do show business em Los Angeles. O genial Phil Spector, que produziu os discos dos Beatles, o álbum *Imagine* e outros monumentos, é acusado de homicídio. De manhãzinha, vão prendê-lo em seu bizarro palácio gótico. O motorista de sua limusine ouviu tiros e chamou a polícia, que encontra uma mulher morta, crivada de balas.

Lana Clarkson, atriz, loura boazuda, clone de Marylin Monroe em versão fracassada, foi assassinada naquela moradia absolutamente kitsch, que poderia servir de cenário para fitas de terror vagabundas. A casa, aliás, já foi usada para filmagem de pornôs, outra modalidade do cinema de horror.

Construído em 1926 por um basco nostálgico (provavelmente lelé) num descampado de Los Angeles, esse palácio à espanhola está hoje plantado feito um Ovni no meio de uma região de moradias de classe média muito parecidas entre si – *suburbs*. Phil Spector mora totalmente só em seus 36 cômodos, cercado por vizinhos que o vêem passar em seu carrão com a mesma simpatia que deviam sentir os campônios que cultivavam suas glebas aos pés do castelo feudal.

Não admira que Spector se deprima. Ele bebe e engole remédios para esquizofrenia.

Contudo, esse suserano sai de seu castelo de subúrbio para ir ouvir música abaixo de onde moro, lá no Sunset Boulevard, na House of Blues, o célebre galpão de tábua e chapa ondulada onde tocam os melhores grupos dos Estados Unidos.

Spector tem 66 anos. Um milionário que não produz mais discos de ouro e é sabidamente maníaco por armas de fogo.

Lana Clarkson, atriz desempregada. Vinha de começar no novo emprego, hostess na House of Blues. A imprensa cruel insiste em sua idade (quarenta anos) para explicar que, nesse estágio da maturidade, uma atriz já pode ir para o desmanche. O que é mesmo verdade, exceção feita a algumas estrelas. Se a atriz não arruma marido para sustentá-la, é preciso se virar com uns bicos para pagar o aluguel.

Sabe-se que os dois entraram juntos na limusine, indo até o palácio dos falsos Pireneus. Depois disso, a tela fica escura. No dia seguinte, Phil Spector sai do castelo usando algemas. Mas os ricos têm uma vantagem sobre os acusados de assassinato pobres: Spector não encontra nenhum problema para pagar 1 milhão de dólares de fiança e evitar a prisão até o julgamento. Escolhe o melhor defensor dos astros rápidos no gatilho, Robert Shapiro, o advogado que transforma culpados em inocentes, aquele que conseguiu convencer um júri de Los Angeles de que O. J. Simpson não tinha matado a mulher. Até hoje se ignora quem atirou em Nicole Simpson e seu amigo naquela noite.

Tom Cruise sonhava fazer o papel de Spector no cinema, até trabalhou num roteiro elaborado em torno da vida atribulada dessa lenda do rock, mas acabou desistindo do projeto: ninguém sabia como terminar a história... Contudo, o próprio Spector inventou um final digno dos melhores filmes noir.

Sexta-feira, 7 de fevereiro. Eu tinha razão: Los Angeles é mais perigosa do que Túnis. O dia começa com Washington decretando que o país entrou em ALERTA LARANJA. Amarelo é menos grave, vermelho é apavorante. Os altos funcionários deixam subentendido que sérias ameaças de atentado terrorista pairam sobre Nova York e Los Angeles. Depois eles circunscrevem o alvo e a angústia: a Al-Qaida pretende visar mais especificamente os judeus, informam...

"Nova York, a maior cidade judia do mundo", explico aos meninos, que assistem às *news* na cozinha, esquentando waffles congelados. "Los Angeles é a terceira, depois de Tel-Aviv."

"Tem mais judeu em Miami Beach!", protesta Roby, que é o melhor amigo de meu filho e passa as férias na Flórida.

"Você vê muito aposentado em Miami Beach, mas Los Angeles é mesmo a terceira cidade judia. Vocês não estranham que o Lycée, a nossa escola francesa, feche no Yom Kippur? Ou que em todo lugar a gente veja candelabro de Hanuká ao lado de árvore de Natal? Ou que haja prateleira de produtos kosher em todos os mercados?"

"Aqui, a gente percebe que tem menos anti-semitas. É mais sossegado, não é preciso ficar batendo boca com eles. E as sinagogas não ficam rodeadas de barreiras nem de polícia. É mais legal que em Paris", constata meu filho. Em todo caso, ele se pergunta que alvo os terroristas poderiam achar em LA

"A Disneylândia?", sugere Roby.

"Não é judia."

"A gente não tem pontes como em San Francisco. Não vejo o que eles poderiam atacar."

Concluem que não há nada de novo no front californiano e saem a caçar guaxinim no jardim. Para eles, esse animal das matas da Califórnia, cujo tamanho está entre o do cachorro e o da ratazana, é um perigo mais imediato que Bin Laden e Saddam Hussein juntos. Os meninos estão mortos de medo.

Meu filho pôs seu capacete de taekwondo, herança dos tempos em que ainda queria conquistar a faixa preta coreana. Pegou sua faca, seu arco e suas flechas. O amigo vai armado do bastão de beisebol que todo escolar americano tem no quarto. Estão de binóculos. O guaxinim costuma descer dos morros quando anoitece, atraído pelos eflúvios de nosso jantar francês, e subir pelo meio dos cactos.

Já os ratos são moradores fixos de Beverly Hills. Gostam muito especialmente das piscinas de luxo. Os multimilionários têm depressão nervosa por causa disso. Suas milícias particulares não são de muita ajuda para protegê-los daqueles intrusos que flutuam nas jacuzzis externas. Os proprietários, desesperados, apelam para o *exterminator*, o especialista em ataques químicos e bacteriológicos contra os ratos.

Para os donos de piscina, seria esse o momento de experimentar enfim as máscaras antigas e os trajes NBC (*nuclear, biological & chemical*) que eles, em pânico, compraram nas lojas de excedentes militares depois do 11 de setembro. Reaproveitadas do Exército americano, ou israelense, as máscaras (admitem os vendedores, embora encantados com a corrida para suas lojas de engenhocas) não funcionam.

Em todo caso, neste terceiro milênio, os habitantes de Los Angeles se preparam para uma guerra humana e, acreditam eles, tecnológica – e não para a invasão NATURAL dos ratos do deserto, perfeitamente ecológica e, portanto, politicamente correta.

[1] Em francês, tuile pode significar tanto "telha" quanto "revés". (N.T.)

Women in black

Aguardamos o fim de semana para saber se Bush vai pegar Saddam (o inverso é pouco provável). A TV repete à exaustão não só as falas de peritos que especulam sobre as armas biológicas iraquianas, mas também imagens de porta-aviões em viagem turística pelo Golfo, e acabo de mandar um e-mail ao chefe da editoria internacional, para tranqüilizá-lo: "François, se houver guerra no próximo domingo, você poderá contar comigo na Califórnia, o front aqui do Oeste já está coberto, veremos os bombardeiros decolarem".

Em seguida, vou tomar o café-da-manhã com as "cem mulheres mais poderosas de Hollywood".

Aliás, não fui convidada a esse desjejum das *top 100*, entre as quais infelizmente não estou incluída, evento organizado pela revista *Hollywood Reporter*. Pretendo atravessar as barreiras de segurança dos guarda-costas com auriculares, operação secreta mais empolgante do que procurar falar com uma assessora de imprensa ao telefone para que ela ponha meu nome na lista de entrada. E, em minha vida pregressa de jornalista, tentei operações mais arriscadas do que entrar em palácio sem convite.

Às oito da manhã, elas já estão lá, para esse pequeno *power breakfast*, no Beverly Hills Hotel, aquele velho símbolo hollywoodiano em ocre e verde (cada vez menos Hollywood e mais Kansas City), com a lenha falsa que, neste dia de calor escaldante, queima na lareira a gás.

As mulheres no poder irrompem em massa, confiando seus carros alemães, símbolos indispensáveis de sucesso, aos manobristas, jovens sedutores de camisa rosa-claro.

Elas estão de traje escuro, não vieram se divertir nem paquerar, praticamente não há homens no grande salão do Beverly Hills, onde, nesse dia, parecem rodar *Women in black*: a perder de vista, um mar de terninhos, na cor preta ou cinza-grafite – o uniforme da americana poderosa. Curiosamente, já servem champanhe tão cedinho – largada abrupta para um dia de trabalho. Mas é mesmo preciso regar o sucesso.

Eis o tema da moda este ano: AS MULHERES ESTÃO TOMANDO O PODER EM HOLLYWOOD?

Estão, responde a *Hollywood Reporter*, dirigida por um homem. Elas se encontram à testa de estúdios (Paramount, Sony Pictures, Universal) e cadeias de TV (Fox Entertainment, ABC Entertainment, MTV), são presidentes dos sindicatos dos atores, dos roteiristas, dos cineastas...

Em suma, as moças chegaram ao topo.

No mais das vezes, são segundas em comando, atrás de algum patrão masculino. É o que eu preciso trazer à baila sempre que me encomendam um artigo sobre este tema supostamente feminista: NO UNIVERSO MASCULINO DO CINEMA AMERICANO, AS MULHERES DERRUBAM TABUS E OCUPAM POSTOS DE DIREÇÃO NA MÁQUINA HOLLYWOODIANA.

Mulheres estão assentadas no topo e, nesta cidade onde sempre se mede o sucesso em milhões, conquistaram as bilheterias com filmes tão femininos como *O escorpião-rei*, herói machão e boçal que é só músculos, ou as ternas histórias de serial killer... Feminino, feminino... O salão aplaude as cifras. E as mulheres.

Com nervosismo. Também elas estão à beira de um ataque de nervos. Basta cometerem o erro de apoiar alguns filmes bons que não atraiam as multidões, deixando de render milhões de dólares aos acionistas, e elas cairão no ranking das *top 100*. E, se perderem o emprego, sairão da lista. Ninguém mais lhes telefonará, ninguém mais as convidará, ninguém mais as conhecerá.

Mas as que hoje se encontram ali estão de bom humor.

Principalmente Rita Wilson, a mulher de Tom Hanks. Junto com o marido, ela produziu o despretensioso filme *Casamento grego* e se viu com o maior sucesso de uma fita independente nos Estados Unidos. É a história de um belo americano cativado por uma grega feinha. Eles se casam e têm um monte de filhos.

A atriz-roteirista Nia Vardalos, que vive no filme esse conto de fadas bem hollywoodiano, sobe ao palco para contar que era uma pobre atriz sem agente (e sem dinheiro) e que seu script tinha sido recusado por todos os estúdios: "Não dá pra fazer o marketing, ninguém se interessa por grego, se pelo menos o casamento fosse hispânico..." Haviam proposto que ela mudasse o nome para Vardalos e a família grega para porto-riquenha.

A varinha mágica: Rita Wilson, também de origem grega, vai ver o *one-woman-show* de Nia numa casa noturna minúscula, resolve produzir o filme com Tom Hanks, e centenas de milhões de dólares caem do céu na forma de entradas de cinema. Um remake de Cinderela.

As mulheres no poder aplaudem, mas sente-se que elas matutam, arrependidas de terem deixado passar o casamento grego: "Se recebo um roteiro sobre a história de amor de um bonitão americano com uma búlgara, eslovena ou tamil não muito vistosa, eu jogo no lixo na mesma hora", pensam lá com seus botões.

Nos perfis publicados pela *Hollywood Reporter*, as *top 100* explicam o sucesso de seu sucesso.

Todas madrugam para fazer ioga – "às 5h45 em ponto", confidencia Stacey Snider, chefona da Universal, número dois na lista das mais poderosas. Trabalham de manhã bem cedo, tarde da noite, sábado e domingo, o que, afirmam elas, não as impede de se dedicarem aos filhos. Quando?

Eu conheço a resposta. Desde os primeiros meses após minha chegada, eu sabia o segredo, o *verdadeiro* segredo, do sucesso delas. A face oculta das poderosas de Hollywood. É o marido. Aquele que se ocupa da casa e dos filhos, que se esfalfa enquanto a mulher se dedica à carreira e traz milhões para o domicílio fiscal.

"Meu marido não trabalha com cinema... O trabalho dele tem horário flexível..." É o que elas dizem, sem coragem de reconhecer a inversão de papéis e dar nome para isso: DONO-DE-CASA.

À saída do Lycée, eu já havia topado com esses pais exaustos. Tinha me sentado ao lado deles nos bancos da quadra do colégio, no treino de basquete, aplaudindo quando a equipe dos filhos marcava ponto, uivando de desespero quando ela pedia. Homens apressados, levando as crianças (no carro de luxo) ao caratê, ao balé, às aulas de surfe numa praia a dezenas de quilômetros de Los Angeles, esmiuçando o boletim, indo às reuniões de pais e mestres, ao pediatra, ao ortodontista, ao psicoterapeuta. Eu tinha aprendido que não adiantava discutir programas da garotada com a mãe: vice-presidente de estúdio, agente de astros ou advogada de Hollywood, ela não sabe a data das férias escolares, nem os endereços dos acampamentos de verão, nem os nomes dos amigos dos filhos.

São simpáticos esses homens, até cativantes, ainda que um pouco oprimidos pela "boa nova" da chegada das esposas ao topo.

Frustrados, os coitados procuram alguma atividade criativa. Não vão se dedicar à cerâmica, é verdade. Bob está escrevendo um roteiro em casa. Harry lançou um novo negócio pela Internet. Steve milita em organizações humanitárias. Mat se empenha na APM. Raras vezes os vemos nas estréias dos filmes produzidos por suas senhoras – para elas, evento social é *business* com os colegas de estúdio. Se os maridos vão, mantêm-se discretos. Em todo caso, elas não os levaram ao *breakfast with the top 100*.

Para o casal, a bóia de salvação é pularem juntos num spa, fim de semana romântico a cada três meses. Ou fazer trekking no deserto, levando o celular.

Caminhando em meio às *top 100*, cruzo com minha vizinha Janie Woolf, *celebrity specialist*, que parece Joan Collins na idade, no penteado armado e no rosto sem rugas. Ela adora os astros e estrelas, dos quais faz a crônica na TV há décadas.

"As mulheres se infiltraram em Hollywood!!!", anuncia com voz aguda, extasiada, tendo sido ela uma das pioneiras, fazendo malabarismos com seus programas, suas colunas sociais nas revistas e seus quatro filhos.

"É, mas as demais estão sempre com uma mão na frente, outra atrás: as roteiristas de mais de trinta, as atrizes de mais de quarenta, as que querem dirigir..."

Janie não se interessa pelas *losers*. Com essas minhas observações de sindicalista, ela deve me achar *out* e vai embora. Segue para fazer a ronda das mesas, tascando beijos rubros nas bochechas empoadas das *top 100*, sentadas diante de seus pratos intactos, evitando comer os pãezinhos cheios de calorias do café-da-manhã no Beverly Hills.

Poder, dinheiro, poder, dinheiro... Perplexa, abro enfim a magnífica bolsa de couro que nos foi ofertada na entrada: está abarrotada de produtos de beleza contra o envelhecimento. Decido deixá-la numa das mesas.

Sinto-me estranha. Não é de admirar: tomei champanhe às oito da matina, não estou entre as *top 100*, não sou milionária, não faço ioga, meu marido não fica em casa olhando os filhos.

Mas o estranhamento tem outro motivo. Olho em volta e descubro que pertenço a uma espécie extinta aos dezoito anos nesse universo feminino de Hollywood: meu nariz é grande. Assim como as rugas, os narizes não-desbastados são arcaicos, chinfrins.

Até Barbra Streisand, a notória exceção, viu o seu diminuir sutilmente ao longo do tempo.

O ET sou eu? Ou são os outros? Uma pergunta "existencial" que já havia me ocorrido no decorrer de uma de minhas primeiras reportagens em Los Angeles, para uma edição especial do *Libération* sobre o corpo. Eu tinha ido entrevistar o mais famoso cirurgião plástico de Beverly Hills.

Chego à sala de espera e olho ao redor. As secretárias e as atendentes telefônicas têm exatamente o mesmo nariz (um pouco miúdo demais). As pacientes que entram no consultório, que esperam ou que saem de lá têm o tal nariz (exceção feita às que ainda estão de ataduras). Moças ou velhas, UM SÓ NARIZ PARA TODAS.

Sou enfim recebida pelo cirurgião, velhinho amável, distinto e divertido. Mal passo pela porta, o olhar dele se fixa em mim.

"Sei o que o senhor está pensando", digo antes mesmo de sentar, "mas estou aqui para entrevistá-lo, para um jornal francês que vai fazer uma edição especial sobre o corpo..."

"Eu adoro fazer nariz", responde ele, fascinado.

"A gente fala disso depois da entrevista." (Afinal, se ele me fizer um precinho camarada, por que não?)

Não falta serviço ao cirurgião de Beverly Hills. Começa-se jovem, com o costumeiro *gift of graduation*, o presente de formatura no colégio: peitos novos. (E para os rapazes?)

"Sempre me pedem para ficarem com o sutiã três números maior", explica o médico. "Eu tento desencorajá-las e proporcionar apenas um aumento sensato. Mas a tendência é querê-los sempre maiores, sempre mais jovens. Também procuro adiar para mais tarde a cirurgia das mulheres de trinta que querem fazer lifting."

Ele segue falando sobre todas as operações em sua clínica, de onde se pode sair restaurada (ou totalmente diferente) desde os joelhos até o couro cabeludo.

Em primeiro lugar, recorde absoluto em Los Angeles, os seios.

Pênis, peitoral e bunda são as plásticas mais requisitadas entre os gays. Pescoço, queixo, olhos, nariz e barriga são unissex. Reencenando o laboratório do barão Frankenstein, os cirurgiões às vezes operam a várias mãos, um puxando a pele dos olhos enquanto outro enche os seios ou tira gordura dos culotes, por exemplo.

Deixo o consultório e as mulheres de narizinho, adiando minha própria cirurgia. Para me recompor, ando (ato que se tornou excepcional) até a Rodeo Drive.

No terraço de um bar, vejo passarem as mulheres que vão às compras. São bem o contrário das *Hollywood's top 100.* A profissão delas: gastar o dinheiro do marido ou do ex-marido (às vezes do pai). Em camisetas justas e calças colantes, exibem uma plástica impressionante – graças a meu cirurgião, penso, e à malhação. Com aquele ar carrancudo das burguesas de Neully ou Passy[1]. Permanentemente ameaçadas pela secretária, pela jovem atriz que desembarca do Meio-Oeste ou pela professora de ioga. Também pelo tédio. Quando terminam seu cooper e seu treino esportivo, os super-ricos fazem benemerência, indústria florescente em Los Angeles.

Os bailes de caridade para os pobres dos guetos, a pesquisa do câncer ou da Aids são bons pretextos. As mulheres dos magnatas de

Hollywood, organizando grandes jantares elegantes com astros, estrelas e VIP, levantam fundos para alguma entidade, quando então têm direito a foto colorida no *Los Angeles Times*.

Em época eleitoral, o mesmo cenário, os mesmos jantares, os mesmos convidados, dessa vez para financiar os candidatos democratas: Hollywood, que sucumbiu ao charme de Kennedy e Clinton, sempre teve coração de esquerda.

Entre as muito jovens ingressadas no mercado de carne fresca e as menos jovens largadas pelos maridos sem esperança de arranjar outro, a cidade não pega leve com as mulheres. Isso, todavia, acontece na mesma Califórnia que, há trinta anos, foi a vanguarda da enorme revolução do Women's Lib, a qual serviu de modelo para as mulheres do mundo inteiro.

Já as *top 100* e as futuras poderosas de Hollywood voltaram aos carrões alemães e correram para o escritório, em seus terninhos severos, levando na bolsa um roteiro espremido entre dois cremes anti-rugas, o olhar pregado na cotação de suas *stock options*, que despencam mais depressa que seus peitos.

[1] Bairros chiques de Paris. (N. T.)

Chuva laranja

O alerta de terrorismo é sempre LARANJA, indicando "perigo elevado".

Espera-se Bin Laden, mas é El Niño que se abate sobre Los Angeles.

"Que legal! Está chovendo!", grita meu filho, deslumbrado com essa novidade climática, fascinado com o aquecimento global, mas preocupado com o derretimento das pistas de esqui.

Ele esquece que o Lycée Français não contava com essa e que, por conseguinte, as mesas de refeição continuam ao ar livre. Elas costumam ficar expostas ao sol abrasador, mas hoje estão debaixo de uma borrasca. Ele também esquece que, na hora do almoço, para traçar o ignóbil rango mal descongelado, vai estar confinado na sala de aula.

A chuva ensandece os habitantes de L.A. Dirigem em estado de pânico, brecam de dez em dez metros, vacilam nas curvas, derrapam nas retas. As imensas vias de oito faixas estão entupidas, juncadas de carros capotados. Os motoristas, incorrigíveis, teimam em pegar as vias alagadas, confiantes na capacidade off-road de seus SUV. E naufragam no meio das pistas. Vêem-se então obrigados a abandonar seus jipões, transformados em botes nada anfíbios...

"Seiscentos acidentes no primeiro dia de chuva", anunciam a polícia e os bombeiros, assoberbados pelos pedidos de socorro. O 911 não atende mais.

Desafiando a tempestade, vou jantar fora com meus filhos. Estamos sozinhos no salão de um restaurante estranhamente vazio. Os nativos se trancam em casa, diante da TV, acompanhando as notícias sobre El Niño, esse misterioso furacão quente que a natureza reservou para a costa do Pacífico. Enquanto isso, meus colegas do *Libération* em Nova York e Washington negligenciam a ameaça de guerra para, segundo eles me explicam, fazer bonecos de neve.

Nesse mês de fevereiro, desperta a Califórnia selvagem. De repente, as ruas se transformam em torrentes, enchendo e arremetendo violentamente contra os leitos de rio secos no deserto. Os morros se fendem e deslizam com fúria para o mar.

Após o mortal vírus-do-nilo (transmitido pelos mosquitos), os frangos californianos acometidos pela doença da vaca louca, os apagões que nos deixam presos no elevador e fazem nossos computadores estourarem por falta de energia (roubada pelos gângsteres da Enron), só faltava mesmo terremoto e atentado terrorista para acabar de vez com o moral dos habitantes de Los Angeles.

Numa noite de chuva brava, El Niño bate nos telhados. Pela manhã, ouvimos um ruído não-identificado abaixo de nossas janelas: um monte de lama veio marulhar em frente à nossa porta. A lama desce do morro que fica acima da casa. É preocupante. Se as chuvas continuarem batendo recordes, o barreiro poderá alcançar o primeiro andar.

"Como é que a gente vai sair de casa se a porta ficar sempre bloqueada?", inquieta-se meu filho, pronto a ir atrás de um quarto de hotel.

"Pela porta dos fundos."

Ele não se deixa convencer. O pai telefona nesse momento de perplexidade, em que nosso pátio virou um lago amarelado e instransponível.

"Uma torrente de lama? Que interessante! Está sempre acontecendo alguma coisa em Los Angeles", diz ele, empolgado com esta cidade, mas ligando do continente africano.

"A lama já tá bem alta", especifica o filho, chocado com a leviandade daquela reação em face de uma tempestade que é quase um furacão.

"Pegue umas pás e vá limpar tudo junto com os seus amigos", propõe o pai, no mesmo tom entusiástico.

"A lama tá mais alta do que eu, ela chega até a cesta de basquete", retruca o filho, exasperado com a teleguiagem cega que o pai lhe oferece.

Decidimos não pegar pá nenhuma, não fazer nadinha, conviver com essa maré de lama amarela e profunda que cria ondas em volta da casa e esperar a chuva parar para chamar os bombeiros – heróis americanos depois do horror do 11 de setembro.

Igualmente em pé de guerra, mentalmente já em trajes de combate: o *Libération* e eu. MANU MILITARI, enviam-me para cobrir os novos recrutas dos Fuzileiros Navais que treinam em San Diego, no Camp Pendleton, antes de partirem para o Golfo. Angela, a encantadora encarregada do Foreign Press Center que organiza nosso passeio entre os fuzileiros, já me conhece. Acha melhor me prevenir de que a coisa vai ser agitada: "Eles não vêem mulher faz dois meses". A menos que queiramos mudar de profissão, é bom evitarmos as camisetas molhadas e os saltos altos.

Assim, com uma guerra iminente, parto para ver esses rapazes de dezoito ou dezenove anos que assinam HOJE, na minha frente, seu termo de alistamento nos Fuzileiros Navais.

O Iraque, o Oriente Médio, a ONU não interessam absolutamente a esses pirralhos catados pelos militares nos dois últimos anos do secundário nos bairros pobres. Perdidos, tais jovens brancos, hispânicos, negros ou índios se alistam porque a corporação lhes paga salário, dá plano de saúde e, o mais importante, financia os estudos. Ou porque estão entediados e querem um pouco de aventura, longe dos fins de mundo onde moram, em Nevada ou no Texas.

São recebidos no *boot camp* dos Fuzileiros, o mais duro das Forças Armadas americanas. Dão o último telefonema para os pais antes de encararem três meses de degredo.

Um instrutor se encarrega de aterrorizá-los, ensinando-os antes de tudo (e sobretudo) a marchar no mesmo passo mecânico: "LEFT, LEFT, LEFT!", berra o sargento da unidade, e os moleques adiantam o pé esquerdo num movimento perfeito. A meu redor, dezenas de soldados exercitam esse pé.

Tento compreender aquela obsessão da marcha cadenciada, que parece ser o objetivo principal do treinamento.

"É decisivo. Trata-se de fazer desaparecer o *indivíduo* para que os fuzileiros se tornem uma *equipe*", explica-me o sargento encarregado da supressão do indivíduo. "Depois disso, eles obedecem às ordens sem discutir."

Robôs. Os fuzileiros em fim de treinamento também berram, já esqueceram que se pode falar sem gritar: "YES! SIR!!! YES! SIR!!!" (O NO não faz parte do vocabulário.)

Eis o que os militares anunciam no folheto publicitário: "Transformar o civil em fuzileiro naval". Ou fazer de um civil fracote, folgazão e mole um homem durão, musculoso e descerebrado.

Está aí a força de elite dos militares americanos. Aquela que vão mandar para a linha de frente. Que partirá para lutar se receber a ordem, sem compreender. Melhor lançar na batalha armas que não têm necessidade de humanos, as *smart weapons*...

"YES! MAAM[1]!!!" "Preferiríamos que não houvesse guerra", dizem-me sem hesitar os jovens fuzileiros, presos em seu campo de trabalhos forçados com vista para a magnífica costa californiana do Pacífico. "Tomara que não precisemos ir para lá. Gostamos mais da areia da praia que daquela do deserto do Kuwait."

Ah, então eles não ficaram tão idiotizados pelo sistemático embotamento de seus neurônios individuais. O adestramento talvez não tenha conseguido eliminar o civil que sobrevive às escondidas no fuzileiro.

Bush, o superestrategista da guerra internacional, não se alistou nos Fuzileiros quando era moço. Uma pequena temporada no *boot camp* (passar quatro dias em teste de sobrevivência nas montanhas, sem dormir, ou pular de uma torre de trinta metros a fim de perder o medo, por exemplo), e ele ficará extasiado se puder voltar para sua Casa Branca e ficar no quentinho. Ou ir com esses jovens fuzileiros à praia, e não ao Iraque.

"Fico feliz de que você não esteja aqui", digo a minha filha pelo celular. "Estou numa piscina onde dúzias de garotões musculosos treinam de calção com sessenta quilos de equipamento nas costas. Eles não vêem mulher há semanas."

"Uau! Eu devia ter ido. Quantos são? São bonitos?"

"Uns cem, mas estão de cabeça raspada e aquele olhar vazio depois de três meses de *boot camp*. Deixa pra lá."

Antes da viagem para Camp Pendleton, minha filha tinha feito algumas recomendações sobre vestuário:

"Lembre-se de quando Marylin foi visitar as tropas no front. Acho que era na Coréia. Seja como for, estava divina naquele vestido bem justinho", ela havia recordado, com voz trêmula de emoção, e na mesma hora me mostrou a foto, para que eu me inspirasse. (Ela já me via de vestido de lamê e salto agulha na base dos Fuzileiros.)

"Não dá. Me ligaram especificamente para mandar que eu usasse roupa discreta. Nada de SAIA. Nada de salto alto. Nada de camiseta colante. Não sei nem o que pôr."

A contragosto, eu tinha optado pelo uniforme de executiva, terninho e salto baixo, um tédio total. Minha filha, desapontada com essa covardia, havia se desinteressado das atividades profissionais da mãe.

O roteiro, preparado especialmente para nós, jornalistas estrangeiros, previa também uma escala num destróier que deve escoltar os porta-aviões que partem para o Golfo. Visitamos os mísseis prontos para ser disparados de seus compartimentos e visar o inimigo, bastando um simples START do computador.

"Com este destróier, nós guerreamos no Afeganistão", dizem os marinheiros discretamente, sem quererem nos dizer no quê, ou em quem, eles já atiraram.

Os jornalistas ingleses dão risadinhas bobas e zombam da incompetência dos militares americanos, os chineses tiram um monte de fotos (achamos que estejam espionando), um judeu nova-iorquino que trabalha para a TV nipônica fica o tempo todo no celular, falando japonês. Já eu pergunto, surpresa, a um praça graduado da Marinha:

"Eu não sabia que havia mulheres nos destróieres. Vocês ficam seis meses no mar... Como é que fica?"

"Somos humanos", confidencia o militar, baixando a voz. "Não dá para evitar o sexo. Mas é preciso obedecer às regras."

"Então acontecem mesmo quentes histórias de amor entre marinheiros?"

"Acontecem, mas desde que sejam discretos, e é proibido ter relações sexuais com uma mulher que esteja sob as suas ordens, ou no seu grupo, ou que seja sua superior hierárquica. Sexo, só entre marinheiros da mesma patente."

"Senão?"

"Você pode ser rebaixado e até expulso da Marinha."

A coisa não deve ser confortável nas cabines coletivas. Quanto ao corredores, são tão estreitos que duas pessoas não conseguem passar ao mesmo tempo. Talvez as cozinhas... E, antes de consumar o ato, é preciso verificar a patente do sexo oposto para ter certeza de pertencer à mesma classe sociomilitar. Pelo sorriso do praça graduado, percebo que, após seis meses no mar, a humanidade acha soluções para seus problemas (foi Lenin quem disse isso).

Os movimentos feministas americanos atuaram para que as mulheres sejam homens como os outros, ou seja, na linha de frente, com as unidades combatentes. E as feministas ganharam; os militares americanos nunca recrutaram tantas mulheres; desde o fim do serviço militar obrigatório, estão terrivelmente necessitados de efetivos.

Bill Clinton, embora diferenciasse uma estagiária de um assessor, suprimiu a "cláusula de risco" que limitava o papel das mulheres nas unidades de combate. Fez isso em nome da igualdade absoluta. Na realidade, trata-se de uma *estupidez* absoluta. E criminosa: o inimigo diferencia a militar capturada dos outros prisioneiros de guerra. Não existe igualdade em face da violação, arma de guerra universitária.

O *Nimitz*, um dos porta-aviões gigantes dos Estados Unidos, atracado diante do Camp Pendleton, vai ser enviado para o Golfo. Dois meses de viagem. Ainda temos um tempinho, torcem os jovens fuzileiros. Isso se não embarcarem em aviões que os largarão no Kuwait, a caminho do Iraque.

Reencontro L.A. em alerta LARANJA antiterrorista. A lama amarela secou, mas a casa está esvaziada das últimas garrafas de álcool, os cinzeiros transbordam, há corpos prostrados em todas as camas e sofás: em minha ausência, a molecada ocupou o local. Mal consigo achar lugar no pátio, atravancado pelos carros de jovens californianos que ainda dormem em sua nuvem de fumaça, com as janelas fechadinhas, indiferentes ao sol e às palmeiras.

Desde que a França se opôs ao desencadeamento da guerra no Iraque, o ímpeto *anti-Frenchies* tem subido ainda mais depressa que o nível de alerta antiterrorista. Após haver suportado o antiamericanismo delirante dos amigos em Paris, é preciso agüentar um antigalicismo igualmente bestial nos Estados Unidos.

Na imprensa, os comentaristas miram abaixo da cintura, exumando os clichês mais reles. O bom vinho, a baguete e os queijos já eram: agora, a tradição francesa é "este talento aguçado desde 1870, o de bater em retirada", ou "de ser sempre do contra, inclusive contra o hábito americano de tomar banho todo dia". Sou inundada de e-mails assaz humorísticos que, entre outras coisas, lembram que os franceses sempre perdem todas as guerras... ATÉ PARA OS ITALIANOS. Os mais maliciosos sugerem que os franceses nomeiem Jerry Lewis ministro do Exterior, já que gostam tanto dele.

Talvez a coisa seja menos humorística. Um jantar na casa de intelectuais de esquerda. Um conhecido roteirista de Hollywood nos explica que está escrevendo um filme sobre John Walker Lindh, o "talibã americano" – o pobre californiano que, convertido ao islamismo, foi lutar no Afeganistão, quando aquele país ignorava que estava em guerra com os Estados Unidos. Lindh, ferido junto dos talibãs e feito prisioneiro, é julgado por alta traição. O roteirista não pega leve com sua personagem principal:

"Espero que Lindh seja pelo menos currado no xadrez durante dezessete anos", deixa escapar na sobremesa, após ter defendido a pena de morte.

Ele é atendido: o talibã americano foi atacado por outro detento numa prisão californiana. Está ferido, mas a administração penitenciária declara que tudo vai bem.

E o roteirista, que viu faroestes demais, diz com olhar duro:

"Se não formos acertar as contas com Saddam, ninguém irá. Certamente não *vocês*, franceses".

Na TV, sobre as imagens das milhares de cruzes brancas nos cemitérios americanos na Normandia, os jornalistas colocaram em letras grandes: INGRATOS!

Não param de nos lembrar de que os americanos nos salvaram dos nazistas. É verdade – mas isso não é razão para atacar o Iraque.

A administração Bush só fala de Saddam, a ponto de esquecer os terroristas no Iêmen, no Paquistão, na Arábia Saudita, na Europa e... *at home*, aqui nos Estados Unidos.

"Por que é que dizem *Frogs* quando falam dos franceses?", pergunta meu filho.

"Porque a gente come perna de rã."

"Coisa nojenta."

"Mas isso era antes. Depois que a França brecou a guerra no Iraque, não nos chamam mais de *Frogs*. Agora é *Weasels*. Fuinhas. Uns bichinhos covardes e rastejantes que se escondem em buracos."

"Você acha que vai haver guerra?"

"É difícil saber."

Outras vozes se fazem ouvir. Astros como Ed Norton, Dustin Hoffman e Martin Scorsese se arriscam contra a guerra... na Europa, quando estão em turnê promocional de seus filmes mais recentes. Asseguram-se da simpatia do público local, mas, em território americano e época de corrida para o Oscar, mantêm-se mais discretos.

Sábado, 15 de fevereiro, *President's Day*, feriado de fim de semana em homenagem ao aniversário de George Washington, o povo irrespeitoso se manifesta contra seu presidente de 2003, Bush.

Assisto a uma première em Hollywood, em frente ao ridículo Kodak Theatre, cafonice arquitetônica onde o Oscar será entregue daqui a um mês. Uma première sem os costumeiros holofotes, limusines, flashes e vestidos de gala, sem necessidade de convites VIP. Mas histórica: uma enorme multidão CAMINHA pelo Hollywood Boulevard. De 60 mil a 80 mil manifestantes, a pé, seguem entre fileiras de palmeiras pela famosa avenida, que na ocasião é interditada ao tráfego de veículos. Avançam lentamente pela Calçada da Fama, onde estão incrustados os nomes dos astros e estrelas, evitando as armadilhas para turistas que são as lojas de camisetas e as casas de tatuagem, ignorando os imóveis imponentes da seita da cientologia.

"Vim passar o fim de semana em Los Angeles pra ter certeza de que não precisaria andar pra coisa nenhuma, mas por essa eu não esperava", explica minha amiga Bibo, que mora em San Francisco e, como boa californiana do norte, detesta Los Angeles. "Como foi que chegaram até aqui? Onde foi que deixaram os carros?"

"Existe METRÔ, com estação no Hollywood Boulevard."

Ela não presta atenção. Deixando de lado o sol, as palmeiras e o céu de puríssimo azul, acostumada à cerração de San Francisco, prefere insistir na feiúra do bairro, com seus estacionamentos e seus imóveis dilapidados.

"Los Angeles é tão horrorosa! A gente não acha nem um

cappuccino que preste", afirma, com a má vontade do povo de San Francisco.

A multidão, séria, não se faz acompanhar de música nem de muitos cartazes. Só uma palavra de ordem: NO WAR. E caricaturas de Bush, o Vilão.

"Se protestassem contra Bush e Saddam, *juntos*, eu marcharia com eles", digo. Vamos sentar no terraço de um bar cubano, o que é perfeitamente correto para ver os manifestantes passarem. Ainda que esses cubanos provavelmente sejam anticomunistas ferozes.

Ex-combatentes de todas as manifestações de esquerda desde os anos 70, nós duas analisamos o evento como aficionadas.

Um policial a cavalo que nos acha exóticas (burguesas) se aproxima e nos confidencia suas impressões.

"Há só alguns anarquistas, e estão com jeito calmo", ele constata, técnico e tranqüilizado. "Não vamos ter lojas saqueadas, nem distúrbios como aqueles de San Francisco."

O cavalo transforma essa avenida tão limpinha (em Los Angeles, dão pesadas multas a quem ousa jogar um pedaço de papel no chão) em autêntica rua parisiense, onde é preciso ziguezaguear entre os montes de cocô de bicho. Inconsciente do perigo, um manifestante, que certamente não é parisiense, se estendeu no chão, bem no meio do Hollywood Boulevard, entre duas cacas.

"É a primeira vez que o povo de Los Angeles faz manifestação em Hollywood", digo, perplexa, para minha amiga da capital inimiga ao norte. Durante a Guerra do Vietnã, houve alguns arranca-rabos em Century City, mas os poucos manifestantes costumavam agitar seus cartazes em frente ao Federal Building, o prédio do governo federal. Hoje, Hollywood enfim se torna símbolo político.

"Eu não sabia que essa gente existia", confessa Bibo, impressionada, descobrindo a multidão que desfila há horas. "É outra LA."

"É esquisito mesmo: nada de óculos escuros, pouco nariz refeito ou peito siliconado. Esses pacifistas com mulher e filhos têm um jeitão normal."

"E os gays? Onde foram parar? Nenhuma bandeirola de entidade homossexual?", espanta-se Bibo, habituada às marchas antiguerra de San Francisco.

"Deveriam estar aqui. Estamos em West Hollywood, e a Câmara Municipal é toda gay – homens e mulheres –, a mais homossexual do mundo. Talvez os gays sejam a favor da guerra."

Falta alguma coisa nessa passeata.

Aquele elemento de decoração que, desde os ataques contra o World Trade Center, orna todas as manifestações, todos os carros (até o de meu marido e os de nossos amigos) e todas as casas: A BANDEIRA DOS ESTADOS UNIDOS. Depois de 11 de setembro, nunca se viu uma multidão americana sem as estrelas-e-listras. Uma paixonite coletiva. E um mercado para os fabricantes de máquinas de costura: fazem publicidade na TV a fim de que nós mesmos possamos confeccionar nossa bandeira em casa... se comprarmos as máquinas deles. Para o cortejo pacifista de hoje, as bandeiras foram deixadas debaixo da cama.

Nesse instante, consigo um furo. Só vai interessar aos franceses, mas nem por isso deixa de ser um furo: CHIRAC GOES HOLLYWOOD.

Na multidão, um cartaz gigante: CHIRAC, HOLD TIGHT. "Chirac, agüente firme...” Pelo menos entre os pacifistas, Jacques Chirac é um superstar quando, de resto, a moda é lascar o pau nos *Frenchies*.

Chegamos a isto: CHIRAC LIVE ON HOLLYWOOD BOULEVARD. Quem diria?

“Eles sabem quem é Chirac?”, pergunto, espantada.

Quando esfaquearam Bertrand Delanoë, prefeito de Paris, isso foi notícia de abertura nos telejornais – pelo menos uma vez, alguém queria matar um político francês, e não um presidente americano. Zelosos com a informação, deram-se ao trabalho de colocar no ar um mapa vazio da Europa, com uma flecha enorme que apontava um ponto vermelho: Paris. Para aqueles que nunca tinham ouvido falar.

[1] “Sim, senhora!” (N. T.)

Novidades, sempre novidades

Terei eu assistido à primeira e última manifestação no Hollywood Boulevard? O lado revolucionário do ato de dar uma passada atrás da outra pelas ruas de Los Angeles talvez tenha sido apenas um acidente histórico.

Fica claro que os astros e estrelas encontraram a solução que convém à militância do terceiro milênio: manifestar-se sem sair de casa (de suas mansões no alto das colinas, com piscina e hidromassagem). Hoje de manhã, pela segunda vez, Martin Sheen, Anjelica Huston e outras celebridades convocaram a imprensa para outro lugar chique de Los Angeles, o Bel Air Hotel, a fim de lançar a primeira manifestação *virtual* contra a guerra no Iraque.

"Dia 23 de fevereiro de 2003, vocês marcharão para Washington. Pelo menos, o seu *dedo* marchará no seu lugar", exclama Sheen, de jeans, camiseta e indistinto blusão azul-marinho, já sem o visual solene de popularíssimo presidente dos Estados Unidos, mas com o penteado sempre tão impecável e com o sorriso branco que encheria de inveja meu filho, obcecado pelos próprios dentes.

Os manifestantes contra a guerra irromperão eletronicamente sobre Washington, atazanando online os senadores americanos. Protesto confortável, no quentinho, ainda mais se não pára de nevar na capital.

Aquela "união das celebridades para vencer sem guerra" está encantada com essa grande sacada. Diante das 22 cadeias de TV (e de minha pessoa) que acorreram para cobrir sua declaração de três minutos, Martin Sheen e o elenco do seriado *The West Wing* (aquela Casa Branca de papelão, construída num estúdio de Los Angeles) zombam dos jornalistas que adoram entrevistá-los, mas que estão sempre agredindo-os.

Perguntas:

"Por que é que vocês, a turma de Hollywood, se metem em política? Vocês, atores, não têm nada a dizer. Continuem tomando sol nas suas piscinas".

"É, somos a *esquerda limusine*", respondem os atores, brincando.

Essa versão americana da *gauche caviar* francesa (que esconde do público sua declaração de renda) é menos complexada. Um dos atores agarra o microfone e proclama para as câmeras:

"Eu ganho muito, MUITO dinheiro, o Martin Sheen também, somos PODRES de ricos. E isso não vai nos impedir de tentar parar com essa guerra".

Sem mais nenhuma palavra, as TV guardam seu equipamento.

Por acaso, encontro Martin Sheen no W Los Angeles Westwood, hotel exótico onde se come à beira da piscina, no meio dos cactos e das fontes. Parece até que se está no Caribe, mas continuamos em plena Los Angeles: os sinos da Ucla batem a hora; os helicópteros pousam no pátio da faculdade de medicina, trazendo vítimas de acidentes nas ruas e estradas; os rappers se fazem fotografar diante desse hotel da onda.

Eu lhe havia pedido uma entrevista exclusiva para traçar, no *Libération*, o perfil de Martin Sheen – desde o militar de *Apocalypse now* até o líder do movimento pacifista, passando pelo presidente de *The West Wing*. Pela manhã, sua assessora de imprensa, estranhamente instalada em Utah (o estado dos mórmons), me informou (depois de eu tê-la atormentado pelo telefone) que ela recebia vinte pedidos desse tipo por dia e que a resposta seria "não".

"Só há um jeito de falar com Martin Sheen", disse secamente. "É marchar com ele numa manifestação."

Aí é que estava o problema: ele tinha inventado a manifestação virtual, na qual não se marcha mais. Mas ei-lo diante de mim. À mesa do lado, sentado entre duas pessoas.

Um recém-chegado a L.A. pularia em cima de Martin Sheen e lhe faria algumas perguntas. Seria uma grosseria total nesta cidade, onde os astros e estrelas têm o direito de fazer o cooper e beber suas biritas sem que as pessoas pareçam notá-los. Não tenho mentalidade de paparazzo, mas não será o destino que vem jogá-lo em meus braços? Hesito: devo bancar a parisiense que acaba de desembarcar e não conhece as normas dos autóctones?

"Estou com Martin Sheen aqui na minha frente", digo ao telefone para minha filha, que, hoje de manhã, escutou minhas difíceis tratativas com a assessora de imprensa no longínquo Utah ("*Libération*, you know, is a NATIONAL daily newspaper, in Paris, France...", eu lhe dizia, dando duro). "Será que devo ir pra cima dele e fazer a entrevista?"

"Quem é Martin Sheen?"

"Você sabe, o presidente dos Estados Unidos, no seriado *The West Wing*..."

"????"

"O capitão Willard de *Apocalypse now*, contracenando com Marlon Brando..."

"O carinha de *Apocalypse now*?! Que legal! Vai lá falar com ele agora mesmo!"

Não, é vulgar demais se precipitar sobre uma celebridade. Isso não se faz.

Meus colegas de jornal certamente ficarão desapontados com essa falta de espírito de sacrifício. Ainda mais porque já sucumbem à pressão, exauridos pelas atualidades da guerra, da não-guerra e da infinita importância diplomático-política de ambas. Em vez de se enervarem com as matérias por arranjar, eles agora debatem em versinhos por e-mail.

Pascal, aquele correspondente em Washington, descontente com o projeto de cobrir para a edição do dia seguinte um evento não tão expressivo, protesta (*De cet evénement/ Qui nullement ne m'enchante*)[1].

François (a chefia em Paris) retruca (*Um evénement mal mis/ Est mieux que pas d'evénement du tout,/ Et nous savons que l'Irak/ Ne sera pas toujours notre réponse à tout*)[2].

Eu tinha solicitado asilo político no W, deixando a casa para os jovens e seus psicodramas.

As pessoas me olham com curiosidade. É claro: estou sozinha, produzida (de minissaia, mesmo assim, e salto alto), digitando num notebook, com uma taça de Pinot Noir à mão, nesta cidade onde ao meio-dia só se bebe água. Em volta da piscina, coisinhas belas e bronzeadas estão de maiô ou biquíni, estendidas sobre as chaises longues à sombra das tendas azuis e brancas, antes de subirem para seus quartos com um jovem igualmente bonito e bronzeado. Se o *Libération* me oferecesse um quarto no W (sem chance...), eu não me importaria de cobrir daqui o ataque ao Iraque. Principalmente se pudesse fugir do front de outra crise – a dos jovens de Los Angeles.

Resumo dos episódios anteriores da série *Teenagers in Hollywood*.

Depois do episódio "Girls" (a amiga da filha acha que perdeu a virgindade em nossa piscina jacuzzi), temos hoje "Boys": eles partem para sua *road trip* iniciática, numa volta por Tijuana, no México. Uma tradição entre os estudantes californianos, que, do outro lado da fronteira, bebem (sem restrição de idade) e trepam.

Os *boyfriends* das amigas de minha filha aproveitaram o sacrossanto aniversário de Washington (que não está aí a troco de nada) e saíram à caça no México. Voltam a LA na noite do dia seguinte, esgotados, e de cara pegam no sono.

O drama começa no primeiro andar de nossa casa, num ambiente simpático, quando as amigas vão ver os vídeos das festas da semana, filmados por esses rapazes modernos, viciados em câmera digital.

Todo mundo (infelizmente, fui convidada à sessão) está sentado em volta da telinha: imagens de dança, música, riso, jacuzzi...

De repente, a imagem fica mais desfocada, à luz filtrada de um quarto de hotel mexicano barato. Paredes anônimas e incolores, duas camas. As costas de um rapaz, musculoso; sob o lençol, percebe-se uma moça – um casal filmado em ação. As amigas ficam em estado de choque. E eu, congelada, não sabendo o que pensar daquele pornô soft artesanal.

(Que bocós, penso com meus botões. Que tenham ido afogar o ganso em Tijuana, é coisa banal, mas por que filmar suas aventuras? E, se decidiram filmar, podiam ter sido espertos o suficiente para não deixar as fitas jogadas por aí.)

Nos bons e velhos tempos do adultério clássico, podia-se aplicar a política simples: negar até o fim! Mas a era digital transforma a situação em *reality show*.

Rapazes tão encantadores, tão românticos, "loucos pelas namoradas", diziam eles. São é uns marinheiros de licença, que teriam feito melhor se houvessem deixado a câmera no carro.

Os *boys* não entendem a histeria e as lágrimas das garotas. Fanáticos por videogame, filmariam a guerra ou o amor para tirar sarro e ver quem ganha. De resto, já têm a solução tecnológica para sair da crise: basta apagar a fita, propõem, esperando apaziguar o sexo oposto, que hesita entre divulgar o filme pela Internet e jogar a câmera na piscina.

Donde meu refúgio no W, para não me envolver na batalha dos adolescentes.

Nesse meio tempo, Tom Ridge, responsável bushista pela segurança territorial, mete medo nos Estados Unidos. A caminho do W, acelerando o conversível ao sol do Sunset Boulevard, baratinada pelo perfume de eucalipto, fascinada pela neve que desde manhã cai sobre as montanhas acima de Los Angeles – a magia californiana –, eu tinha ouvido o discurso alucinado do manda-chuva da segurança americana: "Preparem-se para o pior, mas nada de pânico".

Num tom grave que lembra a Guerra Fria (substitua-se "perigo vermelho" por "perigo comunista"), Ridge anuncia que uma ameaça invisível paira sobre nossas cabeças. Mas ele tem uma solução: silver tape.

Está aí o que nos tranqüiliza.

Comprem essa fita adesiva e cubram com ela todo um cômodo de suas casas – versão cheap da plastificação artística do Reichstag ou do Central Park. O plástico da silver tape deverá impedir que o gás – ou o vírus, ou a radioatividade... – penetrem no tal recinto. Isso durante quinze minutos, diz Ridge, "o suficiente para que a nuvem tóxica se dissipe". Ou não.

Corrida à silver tape em todo o país. É a vez de o governo entrar em pânico, voltando ao ar para pedir aos americanos que não se precipitem para seus cômodos plastificados, pois senão morrerão sufocados enquanto aguardam o eventual atentado terrorista. Agora, Ridge recomenda esperarmos O SINAL antes de corrermos para o abrigo.

O debate sobre as questões verdadeiramente fundamentais é lançado pelos humoristas: "Pensem bem! Qual cômodo vocês vão plastificar? A cozinha? Ou o cagatório? O melhor é ficar com o cagatório – vai lá que o ataque nuclear dura três dias..."

Quando ouço o leitmotiv do governo ("Nada de pânico, *nada de pânico*, NADA DE PÂNICO..."), tenho um flashback daqueles filmes de educação sexual dos anos 50. Uma loura de penteado armado e batom rubro repete sem parar aos jovens americanos da época, tranqüilizando-os: "Tamanho não é importante, tamanho não é importante, *tamanho não é importante*, TAMANHO NÃO É IMPORTANTE..." Gerações de garotos traumatizados não largaram mais a régua.

Voltando para casa, o preocupante NEWS ALERT brilha na TV da cozinha. O que é agora? Bomba atômica? Ataque com gás? Devemos nos trancar num cômodo plastificado (o qual não temos)?

Em todos os canais, vêem-se helicópteros darem voltas perigosamente em torno do mesmo ponto, com o risco de colidirem. Coisa que acontece com freqüência, quando os helicópteros da polícia e da TV correm atrás dos mesmos veículos.

Esse tipo de perseguição, a *chase*, virou esporte local em Los Angeles, celebrizado pela famosa escapada de O. J. Simpson, fugindo ao volante de sua Ford Bronco, branca, de caubói (o modelo que meu marido usa), seguido ao vivo pelas câmeras e, assim, pelo público americano.

Influenciados pelo cinema e pela TV, os ladrões, assassinos ou simplesmente motoristas sem carteira preferem fugir a se render, desfrutando uma hora de glória televisiva antes de anos na cadeia. Eles se enfiam entre os outros carros, pegam a via expressa na contramão, furam o sinal vermelho, sendo perseguidos por uma enorme frota de helicópteros e viaturas. Os telespectadores de Los Angeles sentem-se como espanhóis nas arquibancadas de uma arena, esperando a morte do touro.

Ficando sem gasolina ou vendo-se num beco sem saída, o fugitivo costuma abandonar o veículo e tentar escapar a pé através dos imóveis mais próximos ou dos taludes da via expressa. Suas chances de se safar são de uma em cem. Há fugitivos que são virtuoses do volante, sendo aplaudidos. Mas os menos talentosos estraçalham os obstáculos imprevistos – pedestres inocentes, passageiros de outros carros, crianças de escola...

Escandalizado com o massacre automobilístico, Bill Bratton, o novo chefe de polícia de Los Angeles, quer proibir que transmitam ao vivo as corridas de perseguição, mas as emissoras de TV resistem: a *chase* é um programa popularíssimo.

Esse manda-chuva do LAPD, vindo de Nova York (onde fez a faxina da cidade), pretende bancar o furacão branco e limpar as ruas de Los Angeles. Depois dos fujões automobilistas, ele agora ataca o mercado da prostituição.

Bill Bratton logo compreendeu que, aqui, é preciso golpear onde dói: no carro. Ontem à noite, na Sunset Strip (a avenida que é uma zona de meretrício bastante procurada), catorze clientes pegos em flagrante delito tiveram suas carangas apreendidas em definitivo. Em LA, é uma sentença de morte. Sem juiz e sem apelação. Aos apreciadores de prostitutas, restam o táxi, a limusine ou a bicicleta.

Nas telinhas, o alerta continua a piscar freneticamente nesse período especial de ameaça terrorista. Meus filhos começam a ficar preocupados. Os helicópteros se aproximam, e por fim vejo o que eles estão filmando: um cão perdido que está sobre um bloco de gelo e que dois homens corajosos vêm salvar, embora ele certamente vá mordê-los.

"Neste país, os caras estão completamente birutas", diz minha filha, escandalizada. "Cento e vinte morrem sufocados no metrô na Coréia, mais noventa queimados no incêndio daquela boate em Rhode Island, e os repórteres correm pra falar do cachorro que está numa bóia de gelo."

Furiosa, ela mexe no controle remoto e muda para um programa de clipes.

[1] "Esse tal evento/ Que em nada me encanta." (N. T.)

[2] "Um evento chinfrim/ É melhor que evento nenhum/ E a gente sabe/ Que o Iraque nem sempre será resposta pra tudo." (N.T.)

The big splash

É tarde, todo mundo bebeu, todo mundo parece feliz na foto de família já amarelada, na parede de uma casa sublime, encarapitada no alto da colina, de onde se vê Los Angeles inteira, desde as montanhas até o Pacífico. A foto data de julho de 2000.

No topo da montanha hollywoodiana, Jean-Marie Messier e Pierre Lescure, os novos reis da cidade (reis do mundo?), sorriem. Rodeados por seu staff da Vivendi-Canal Plus, eles posam, durante esse jantar comemorativo, para a foto que irá imortalizar sua vitória: festejam porque acabam de adquirir a Universal. SIM, FRANCESES compraram o histórico estúdio de *...E o vento levou* e *Tubarão*. E também a Universal Music e os parques de diversões. *Gladiador* somos nós, pensam eles, identificando-se com o belo Russell Crowe, só que menos parrudos.

Não fui convidada para esse jantar na luxuosa mansão da colina. Uma pena. Mas também não comprei o histórico estúdio. Coisa que me censuram todo santo dia.

"Você não é nem mesmo a número dois ou a número três da Universal", diz minha filha, acusadora. "Não ganha os CD do Eminem, não é convidada pras estréias com os astros e os fotógrafos, só vai a essas projeções pra imprensa, com aqueles jornalistas cafonas, do arco-da-velha. E você não tem limusine."

"A gente também nunca foi ao camarote da Universal no Staples Center, pra ver a final da NBA", acrescenta meu filho, amargo, pois tem amigos que, eles sim, são convidados aos jogos.

"Parem de reclamar, vocês pelo menos têm o crachá VIP pra furar a fila na Universal Studios", respondo, sacando de meus raros sinais exteriores de poder sobre Hollywood. "Vocês ficaram na primeira fila do concerto do Springsteen... Hoje, Will Smith quase bateu de carro na gente quando filmava em Beverly Hills... Já almoçamos ao lado de uma das Spice Girls... Vocês todo dia vêem os astros e estrelas no restaurante, na rua, até em casa, e já nem ligam mais pra isso – felizmente."

Vão sem mim à Universal Studios, esperando uma eternidade na multidão, na poeira e no calor, para ver uns dinossauros de papelão durante um minuto. É a versão cinematográfica dos outros campos de confinamento (denominados parques temáticos) que foram inventados por um tal de Walt Disney.

O pai não diz nada sobre os *Frenchies* triunfantes. Já viu ao vivo as desventuras de outros franceses que se lançaram à conquista de Hollywood, tendo depois saído da cidade cobertos de piche e penas. Ele conhece bem o fim daquela história. Eu também.

Mas não os franceses que, naquela noite de embriaguez, festejam a compra do mítico estúdio da Universal. Altas horas, eu havia tentado contatar os celulares dos reis do mundo. Acabo conseguindo falar com eles, histéricos, baratinados pelo sucesso. Procuro arrancar, para meu artigo do dia seguinte, algumas cifras sobre o negócio, que empolga toda Paris. Pelo menos uma vez, os franceses papam os americanos, dizem ele. O pequeno come o grande. *We are the best...*

Eles nadam num mar de felicidade – sem ver a ressaca do Pacífico que irá levá-los de roldão.

Pierre Lescure, o diretor-presidente do Canal Plus, verte uma lágrima de emoção e liga para a mãe ao pousar a bunda na cadeira de seu escritório, no alto do prédio da Universal, à testa do reino encantado das superproduções hollywoodianas. Ele acredita em seu sonho americano.

De suas janelas, tem-se mesmo uma vista belíssima do Valley, esse deserto escaldante onde os imigrantes judeus da Europa construíram seus estúdios no começo do século XX, extensão de terra gigantesca, insalubre, que os pioneiros do cinema americano compraram baratinho. (Hoje, o Valley, verdadeira cidade de 3 milhões de habitantes, não quer mais ser mero bairro. Ele quer viver sua própria vida, rompendo com Los Angeles. Apesar disso, seus planos autonomistas foram rejeitados nas últimas eleições.)

Já Stéphane Sperry está em Hollywood faz tempo. Promovido a chefão do Canal Plus USA, sua foto é publicada na imprensa especializada (*Hollywood Reporter* e *Variety*), que anuncia a nomeação. Debaixo da foto, a cifra de milhões de dólares que o Canal Plus pretende gastar no cinema americano. Os telefones de

Stéphane estouram, o fax não agüenta o tranco, as secretárias desabam diante de tantas ligações.

Ele é o homem mais solicitado de Los Angeles. Pelos que estão vendendo um projeto, uma idéia de filme. E pelas mulheres que vendem a própria carne, mais silicone, na caixa postal do celular: "*Hi, Stef*, você deve se lembrar de mim, a gente se cruzou na casa do Bill, sou morena, magra... Eu me chamo Clara, e o meu telefone é..." Sobre a mesa do café-da-manhã, uma moça deixa este bilhetinho para especificar os termos do contrato: "*Darling*, quanto ao fim de semana no Havaí, eu só viajo *first class*. E adoro caviar Petrossian. *Love*". Romântico.

O *Frenchy* solteirão e partidão é assediado pelas mulheres até no cabeleireiro. Discretamente, alguém vem lhe dizer:

"Aquela cliente ali, perto da janela, quer saber se o senhor é casado..."

"Não, não sou. Mas por quê...?"

"Ela quer ter um filho e pergunta se o senhor poderia ser o pai, sem compromisso de sua parte. Ela acha que o senhor tem uma cara boa."

Stéphane se inclina na direção da janela. A moça sorri para ele.

Jean-Marie Messier, o superchefão do supergrupo internacional, logo *goes Hollywood*, como aconteceu a todos os *Frenchies* que o precederam.

Livra-se da gravata. Em LA, só usa gravata quem vende carros usados, é motorista de limusine ou acaba de chegar de Oklahoma. Para diretor-presidente, o chique é gola careca e terno Armani.

Eu já havia reparado que o manda-chuva da Nintendo, numa coletiva *downtown*, bairro dos grandes arranha-céus, tinha renunciado ao tradicional uniforme preto de papa-defunto japonês pelo bege-claro com a indefectível gola careca. Moderno. Hollywoodiano. Foi aí que eu vi TODOS os executivos japoneses da Nintendo, sentados na primeira fila, usando o mesmo terno bege e a mesma camiseta preta do chefe.

Messier, sempre *over*, optou pelas camisas cor-de-rosa e pelo bronzeado californiano (terá ele doado à caridade seus burocráticos ternos cinzentos franceses?). E por uma dieta de emagrecimento extraordinariamente eficaz.

"O senhor não é judeu o bastante para esta cidade", eu lhe disse, só em parte de brincadeira, num dia que ele passou mobilizando suas tropas na Universal City.

Eu queria lhe fazer compreender a distância mental que separa da *France profonde* os pioneiros do Pacífico[1].

Se a mensagem foi recebida? Alguns meses depois, recebemos um magnífico convite para ir ao Museum of Tolerance, do Simon Wiesenthal Center (QG dos judeus da cidade), na entrega de um prêmio humanitário. A Jean-Marie Messier. Muito humanitário. O Museum of Tolerance é conhecido por suas exposições sobre o Holocausto e sua capacidade de arrecadar fundos. Um cheque (muito) gordo, e você já está a caminho de ganhar o prêmio humanitário.

Obviamente, não vou faltar a esse evento alegre, que pede smoking e vestido de noite. Nossa mesa fica no fundo do salão, longe dos ricos e poderosos (nada de mais nisso, já que não viemos com a intenção de financiar o prêmio humanitário, tendo deixado o cartão de crédito em casa). O espetáculo é sensacional. Os manda-chuvas de Hollywood (os magnatas dos estúdios, os agentes e os produtores, mas não os astros e estrelas, pois se trata de coisa séria, do poder de verdade) sucedem-se no palco para fazer a apologia emocionada do *Frenchy* que ganhou o prêmio humanitário. São os mesmos que o esquecerão cinco minutos depois que Messier deixar a chefia do grupo Vivendi-Canal Plus.

O famoso Barry Diller, que aguarda a queda do império Vivendi, esperando recuperar a Universal (ou ganhar uns bilhões mais), preside o banquete em honra de Messier. Para dar cor local, há alguns rabinos e alguns sobreviventes do Holocausto.

Assim, Messier lançou o míssil judeo-humanitário para penetrar nas rodas de Hollywood.

Talvez ele tenha visto o velho esquete natalino de Eddy Murphy na TV: "Feliz Natal pra todos!", ele dizia ao público. Depois, Murphy se voltava para a câmera e disparava: "E, pra meu agente, meu produtor, meu advogado... FELIZ HANUKÁ!"

Será que uma doação generosa bastaria para que Hollywood, pequena comunidade do show business, incestuosa e temível, aceitasse os *Frenchies*?

Sem chance. O universo hollywoodiano aceita os estrangeiros se estes sabem lutar. E ganhar. Mike Medavoy, que produziu filmes colossais (*Apocalypse now*, *Amadeus*, *O exterminador do futuro*, *Filadélfia...*) e conheceu ápices e abismos, sempre me diz, com um sorriso: "Eu sobrevivi ao Holocausto e a Hollywood".

Medavoy, ruivo de uns sessenta anos, simpático e vivaz, sempre de jeans e tênis, é mesmo um sobrevivente, porque, apesar dos enormes fracassos de bilheteria, nunca se viu obrigado (até agora) a vender seu palácio no Beverly Park, o gueto dos super-hipermilionários na Mulholland Drive. Vou a uma festa na casa dele, é uma Versalhes do Pacífico. Após passar por algumas barreiras de segurança na entrada do "lote", uma horda de sujeitos vestidos com libré estilo Luís XIV se precipita para meu carro, lutando pelo privilégio de estacioná-lo entre os Rolls e Mercedes. Debaixo das tendas, comem e batem papo os integrantes da famosa *A-list*: Barbra Streisand, com um boné de pele muito pólo-norte para o clima californiano; Silvester Stallone (lançado por Medavoy em *Rocky*), menos parrudo que no cinema, tendo vindo à festa com os guarda-costas, embora more na casa ao lado.

Quanto ao amigo Marlon Brando, Medavoy prefere reuniões a sós. Vemos o dono da casa numa foto com seu cupincha Clinton – aqui, se Clinton não veio passar um fim de semana, é-se um fracassado social. Símbolo indispensável, e efêmero, de sobrevivência em Hollywood, a mulher de Medavoy é jovem e magnífica. Ela, russa e loura, é habituê das colunas sociais – ainda mais depois que abriu processo contra o cirurgião plástico que lhe aplicava injeções de Botox.

Os *Frenchies* da Vivendi – os franceses em geral – não são do gênero sobrevivente, apesar dos talões de cheques. Eles deveriam ter captado a mensagem quando a turma da Universal propôs que subissem no trenzinho dos turistas que visitam o estúdio.

Atravessam-se os cenários de filmes, as ruas de uma Nova York de mentirinha, e chega-se às margens de um lago falso. O trenzinho pára. Saltando do lago, o enorme tubarão do filme homônimo, o próprio modelo construído para Spielberg, lança-se sobre os visitantes, bocarra aberta, ar malvado. Os turistas berram de medo. Os novos donos da Universal não perceberam o simbolismo: o tubarão-branco imaginado por Hollywood papa quem se aventura em suas águas.

De resto, o circuito turístico acaba no *big splash* no meio de *Jurassic Park*. Não sei se eles tiveram tempo de conhecer essa atração, demasiado ocupados que estavam com os advogados, os acionistas, os banqueiros, as coletivas. Uma pena: em alguns minutos, eles desfrutariam um bom sumário de Hollywood. Subimos, subimos e continuamos a subir no escuro, o estômago apertado contra a barra metálica que se fecha sobre nós com um ruído sinistro. Chegamos ao cume, o mais alto possível. O coração acelera, a tensão vai ao limite: nós bem sabemos, uma vez no topo, só dá mesmo para... descer. É a queda. Vertiginosa, a cem por hora, para acabar num baita *splash*. Para nós, aculturados, uma coisa com muita cor local.

A novela *The big splash* começa no melhor dos mundos possíveis. Eu já sabia o último capítulo: os franceses arrogantes voltam para a França, despojados de alguns bilhões de dólares. "The end."

Só não imaginei que a história fosse acabar tão rápido. Um *big splash* de vinte meses é pouco, apenas o tempo para que Messier seja manchete de primeira página dos grandes jornais, tenha sua cara redonda nas capas de todas as revistas americanas ("Manager of the year...") e caia mais vertical que a maçã de Newton.

Nesta cidade do Oeste Selvagem, o roteiro, como em todos os bons faroestes (não é nenhum acaso), é sempre o mesmo para os forasteiros dos quais se vai tirar a grana.

Os "amigos americanos" que acabam de ser comprados acolhem de braços abertos os novos donos estrangeiros. Um churrasquinho de aniversário com Michael (Douglas), um jantarzinho com Julia (Roberts), um almocinho com Steven (Spielberg), o motorista na porta dia e noite, a limusine, o Beverly Hills Hotel, as festas luxuosas em Malibu.

Isso funciona sempre. Os novos proprietários estão nas nuvens. E pagam caro pelo deslumbre.

Os samurais que haviam atravessado o Pacífico para arrematar Hollywood bateram em retirada depois de terem consumido seus bilhões (menos a Sony, que resistiu à longa depressão financeira).

Os canadenses (a família Bronfman) pelo menos tinham a vantagem, sobre os japoneses, de falarem inglês e serem judeus. Dispunham de mais chances de êxito. Mas pode-se ter o dom para o comércio do álcool (origem da fortuna dos Bronfman) e, ainda assim, deixar-se dissolver nas películas e na badalação. Os Bronfman, compreendendo seu fracasso, jogaram a toalha e passaram a Universal para Jean-Marie Messier.

O Crédit Lyonnais já havia tido sua fase de bobeira hollywoodiana, a ponto de vender a própria alma (e dar o dinheiro dos contribuintes franceses) a um escroque das finanças, Gianfrancesco Paretti, só para comprar a MGM. No desastre do Crédit Lyonnais, o piche e as penas tomaram a forma de auditorias financeiras, processos, malversações.

Pierre Lescure também tinha passado sua pequena e dispendiosa temporada em Hollywood, lançando o Canal Plus no *business* com os tubarões-brancos do Pacífico. Perdeu até a camisa (ou melhor, a de seu grupo) e jurou que não voltaria a cometer os mesmos erros. Seria ele amnésico? Tendo chegado ao ápice do passeio pela Universal, como pôde acreditar que tinha se tornado um todo-poderoso local? Como pôde acreditar que era mais forte que os sobreviventes de Hollywood?

Durante o período de fusão "fungível" entre a Vivendi e a Universal (sonho dos franceses que não aprenderam nada de história), executivos americanos me ligavam: "A senhora conhece professores de francês que nos dêem aulas particulares?" Quando eu mal tinha acabado de localizar um professor, eles já não queriam mais aprender o idioma.

No decorrer de alguns meses, os americanos dissimularam sua antipatia por Paris, por aqueles pratos com creme de leite (tão nocivos para as dietas sem gordura) e por esses patrões que insistiam em falar francês. Também aproveitaram a chegada dos novos donos para renegociar seus respectivos contratos e pegar mais alguns milhões de dólares. Ou, como fez Barry Diller, obter acordos espantosos (assinados por Messier) para ficar ainda mais ricos e poderosos.

Depois, só esperaram até os estrangeiros quebrarem a cara.

Hoje, já não há mais franceses da Vivendi na Universal. Para a turma de Hollywood, o negócio foi rentável, e eles não têm mais necessidade de se forçarem a gostar dos *Frenchies*.

Os prêmios humanitários que Messier devia receber na seqüência foram anulados. Quebrado, o supergrupo mundial Vivendi, que torrou as economias dos acionistas nesse *big splash*, vende em pânico os pedaços de seu império, para saldar aqueles sonhos de grandeza. Assim, anuncia um dos maiores déficits financeiros da história empresarial francesa.

E procura sair o mais rápido possível de Hollywood, abrindo mão das limusines e dos astros e estrelas. A divisão cinematográfica e a musical são devolvidas aos americanos, que, em seu Jurassic Park, aguardam de tocaia pelo resto.

Quando um desses ex-reis do mundo (sempre fascinados por Hollywood) volta em visita a Los Angeles, fica achando que, assim como antes, as celebridades virão jantar consigo. Ele as convida. E ninguém aparece.

Mais uma vez, os franceses se esborracham em pleno vôo sobre Hollywood.

Por pura coincidência, desembarcamos em Hollywood ao mesmo tempo que as grandes empresas francesas (quase todas aquelas corporações vistosas cujas ações servem para compor o índice da Bolsa de Paris) que invadem os Estados Unidos neste começo do terceiro milênio: a eletrônica, as águas, os iogurtes, os cosméticos, as champanhes, os marchands... A Vivendi, no fim da ordem alfabética, toma nitidamente a dianteira das quebras futuras.

Entusiásticos, triunfantes e dominadores, os franceses partem para a conquista do Oeste.

"Por menos que 15 mil dólares por mês, não se acha nenhuma casa decente para alugar", dizem-me sem rir os executivos mandados para a Califórnia, que já esqueceram suas moradias de subúrbio parisiense e não conseguem mais viver sem piscina, jacuzzi, três geladeiras, cinco banheiros e gigantescos SUV (um para o cavalheiro, outro para a patroa), mais o conversível para o filho ou a filha.

Aprendem o inglês.

Mas, em geral, fazem grupinho com outros franceses.

"Até parece que estamos em Serra Leoa", digo, bebericando meu ponche num garden-party exclusivamente francês. "Ou no Mali."

Dois anos depois, eles voltam para seus subúrbios, vitimados pelo colapso fulminante da indústria eletrônica. Ficam com a tez mais pálida, tornam a colocar gravata para ir para o escritório pela Autoroute du Sud, nostálgicos daqueles anos tão breves na Califórnia.

Alguns sobreviventes isolados, tal qual macacos velhos, conseguiram juntar as tralhas e se pendurar no alto das palmeiras.

Mas há Rachid. Um francês que também *went Hollywood...*

Eu tinha acabado de chegar a esta cidade sem praças e sem monumentos quando descobri o lava-rápido do Sunset Boulevard. Estrelinhas, roteiristas, cineastas, jornalistas, o Sunset Car Wash é um dos poucos lugares que se comparam ao Café Flore de Paris: lá, a gente encontra os amigos no sábado de manhã. A diferença é que, quando termina de tomar o café, há um carro limpinho esperando por você.

Pois bem. Estou na fila com meu precioso e caro conversível quando um dos lavadores, ouvindo este sotaque francês, começa a falar:

"O meu nome é Rachid. E o seu?"

"Annette... Você é de onde?"

"De Nanterre. A Cidade das Flores Azuis."

"Eu conheço bem a Cidade das Flores Azuis", digo, sem ter a audácia de contar, nessa manhã resplandecente no Sunset Boulevard, as nossas façanhas de esquerdistas revolucionários na Nanterre de maio de 68. Época em que ele nem tinha nascido.

Rachid está encantado por poder falar pelos cotovelos em sua língua natal, entre uma lavagem e outra.

"Os meus amigos lá de Nanterre tiraram sarro de mim quando peguei a passagem só de ida pros States. 'Cê tá louco! Vai acabar se ferrando!', eles me disseram. Hoje, estão na cadeia ou no olho da rua. Não chegam a ser uns sem-teto, porque moram com papai e mamãe e recebem pelo Renda Mínima."

Jovem de 24 anos, segunda geração de imigrantes da África do Norte, Rachid é amargo.

"Nasci em Paris, mas sempre vão me considerar marroquino. Na França, se você manda currículo com nome árabe, já não tem chance nenhuma. Aqui, eles estão se lixando pra currículo. Não é isso que conta."

"Você tem visto de trabalho?"

"Não, mas a gente se vira. Eu vou me regularizar."

Um ano depois, Rachid não lava mais carro. É o gerente do Sunset Car Wash, o MEU lava-rápido. Sempre bem-humorado e dinâmico. Reparo num BMW preto conversível estacionado em frente à gerência.

"É o meu carro", anuncia Rachid, todo orgulhoso.

"Fora de série!", digo, impressionada. "Tem tido notícias dos seus amigos de Nanterre?"

"Só coisa deprê. Eles querem vir me ver em Los Angeles, mas eu digo que não, porque vão morrer de inveja."

Rachid já faz parte da aristocracia: dirige o trampo enquanto a classe operária, os hispânicos na base da pirâmide, os mais recentes imigrantes de El Salvador ou da Guatemala (mexicano já não lava mais carro), esfregam as carangas com seus panos vermelhos.

Ele me mostra o holerite: 5 mil dólares por mês. Para mim, seria o bastante, mas não para Rachid, acometido pelo sonho californiano.

"Não vou parar por aqui. Não viajei onze horas de avião só pra cuidar de lava-rápido. Tenho vontade de abrir um restaurante francês."

Dois anos depois. Enquanto os altos executivos franceses enfiam a viola no saco e param de contar suas *stock options* (que valem tanto quanto aquele velho dinheirinho de Banco Imobiliário), Rachid está em plena forma, cada vez mais Hollywood.

Estaciono no lava-rápido, e ele corre a apertar minha mão, com aquele seu grande sorriso. Agora, está de aparelho nos dentes.

"Vou arrumar a boca toda", explica. "Quem paga é o plano odontológico do patrão, e tenho mais é que aproveitar. Comprei apartamento e regularizei a documentação, mas não vou parar no lava-rápido."

"Ah, é? Vai abrir o tal restaurante?"

"Não. Escrevi um roteiro, mostrei a uns atores e me associei com um investidor. Se a gente tem o *package*, como dizem por aqui, os bancos botam dinheiro. Aí, monto uma produtora de cinema."

Rachid em L.A. é a imagem dos outros habitantes: um recém-chegado. Menos arrogante que os manda-chuvas franceses, tem tudo para se dar bem na capital do futuro.

The big splash

[1] France profonde são aqueles estratos mais tradicionalistas da sociedade francesa, provincianos e freqüentemente anti-semitas. Quando se quer agradá-los e se é um grande empresário da mídia como Messier, não é de bom tom alardear a condição de judeu. (N. T.)

A coisa está piorando

Saddam went Hollywood. Ele também.

Para sua grande estréia televisiva, *live* nesse mês de fevereiro de 2003, depois de onze anos ausente das telas americanas, tingiu o cabelo de preto-brilhante. E renovou o look, deixando no bunker o costumeiro traje militar, de ditador de opereta, roupa que, frouxa e meio verde, não lhe cai bem. Para a entrevista, vestiu terno à ocidental e escolheu gravata de cores vivas. Sorridente, ligeiramente curtido, muito Beverly Hills.

Astro consciente da importância da luz sobre suas rugas, organizou o cenário, a posição das câmeras, a luz. Terá contratado *make-up artist* para a maquiagem? Dan Rather, o âncora que faz a entrevista, chega de mãos vazias, sem equipe e sem material.

Estendidos na cama, nós, assim como os Estados Unidos inteiros, assistimos à entrevista de Saddam Hussein na CBS, o canal que conseguiu a exclusiva com o "Diabo".

"Ele está com ar cool", diz meu filho, visivelmente cativado (aguardo com preocupação os comentários sobre os alvos dentes de Saddam). É ele mesmo? Em minha opinião, é um sósia, é Chaplin em *O grande ditador*.

"Não dá pra acreditar que é o mesmo sujeito que jogou gás nos curdos", diz minha filha, irritada. "É inacreditável! Está com ar mais simpático!"

"No final das contas, ele não é bem um ditador, porque foi eleito", afirma meu filho, que acaba de ouvir o presidente iraquiano lembrar que não tem nenhuma intenção de deixar seu país, "já que fui eleito pelo povo".

"Não havia outro candidato", especifico, para colocar as coisas no devido lugar. "Isso não é lá muito democrático."

Calmo e sóbrio, Saddam lança sua bomba: quer um debate televisionado! E com ninguém menos que seu alter ego, o "presidente Bush", diz ele, enfatizando *presidente*.

"Ele faz o discurso conforme o roteiro que imaginou – o tipo de debate, o canal, a transmissão via satélite", analisa minha filha, estudante de cinema. "Não é mais um ditador, é um *diretor de produção*."

Em todo caso, ele não se inspirou em Chaplin para sua aparição televisiva – sente-se que está mais para *Friends*.

"Presidente, o senhor vai *destruir* os seus mísseis?", pergunta polidamente Dan Rather.

"NÃO", responde Saddam.

Na NBC, cadeia rival, outra jornalista famosa faz entrevista semelhante com outro "monstro":

"Robert, você *matou* sua mulher?", pergunta Barbara Walters, também polidamente, ao ator Robert Blake, magro e abatido em seu pijama laranja de presidiário.

"NÃO", responde Blake.

Saddam, que deve ter revisto imagens de produção hollywoodiana no cinema de um de seus palácios, compreendeu a importância de falar mostrando os dentes brancos. Blake, ator profissional, sabe chorar na frente das câmeras. E então chora.

"Quem é esse Robert Blake? Ele teve uma infância difícil...", diz minha filha, agora enternecida pelo ar patético e pelas lágrimas que rolam no rosto murcho.

"Um ator muito conhecido. Fez um tira num seriado dos anos 70, *Baretta*. Pediu prum sujeito que era seu dublê na série que matasse a mulher dele. Por 10 mil dólares... não é muito. O dublê não quis, e parece que Blake resolveu fazer ele mesmo o serviço."

"A mulher queria a grana dele, não quis fazer um aborto, chantageou o cara com a criança", defende minha filha, de repente transformada em advogada de Hollywood.

"É, mas não é motivo pra matar. Pra isso, existe o divórcio."

"É verdade. Ele matou a mulher?"

"Ele a leva pra jantar num restaurante italiano. Na saída, no estacionamento, percebe que esqueceu alguma coisa e volta pro restaurante. Por uma enorme coincidência, é o tempo certo prum assassino desconhecido matar a mulher que ele detesta. Ele já a encontra morta no carro... O script não é muito bom."

Na frente das câmeras, ao vivo da prisão, Blake é ainda o sonho hollywoodiano: nem todos os presos têm Barbara Walters, a estrela da TV americana, que se desloca com a equipe para entrevistá-lo atrás das grades. Mas, diferentemente de Saddam, ele, aos 69 anos, perdeu o look LA, a cabeleira preta e penteadíssima de antes da cadeia: o cabelo está branco-presidiário, as rugas estão visíveis, e Blake aparenta ser mais velho que a idade. O make-up artist e o personal trainer não o acompanharam. O professor de ioga também não.

Meu filho acha Saddam cool, e minha filha derrama lágrimas pelo infeliz Blake, que talvez tenha matado a mulher. A coisa está piorando.

No carro, ligam do jornal:

"Barry Diller foi demitido da Universal".

"NÃO!!! Hoje, não..."

Embora haja coisas mais importantes no mundo, preciso me enfiar em casa para escrever um artigo sobre Diller, que ainda vai conseguir alguns bilhões mais para sair da Vivendi Universal Entertainment. Aumentando assim um pouco mais aquele buraco da Vivendi que ele próprio ajudou a cavar, revendendo seu canal de TV à Vivendi Universal. Precinho camarada, o dobro do que pagou para comprar o mesmo canal da mesma Universal. Na época em que Messier negociava esse acordo com Diller, dizia-se: "Só uma coisa é certa – no fim de semana, Diller estará ainda mais rico do que já é". Ainda mais piche e penas para os franceses em Hollywood.

É difícil me concentrar no epílogo dessa novela financeira tragicômica.

No dia seguinte, pego três crianças na escola, o filho na frente e duas meninas de sua idade, treze anos, no banco de trás do conversível, ao sol. Pretendem pular na piscina jacuzzi antes de fazer o dever de casa.

É inverno, os Estados Unidos tiritam com as tempestades de neve, e os programadores das rádios de Los Angeles adoram tocar o hino do sonho californiano, a música "California dreaming" (*The sky is grey... On a winter's day... If I was in* LA*... on such a winter's day...*), para que tenhamos consciência de nossa bem-aventurança.

Atravessamos Beverly Hills cantando alto no carro, o rosto ao vento, entre fileiras de palmeiras e bananeiras, em eflúvios de jasmim e madressilva. A neve continua caindo na Sierra, que se vê pelo retrovisor – no fim de semana, vamos esquiar. Ou patinar no calçadão à beira-mar. Ou surfar. Só vamos decidir quando levantarmos de manhã. Chove em Paris.

No rádio, o tom é alegre, nosso alerta de terrorismo se esvazia. Não é mais LARANJA, apenas AMARELO – comportado, mas não *muito* comportado. Os paranóicos de Washington confessam ter criado o pânico com base em informações que acabam se revelando furadas ("pouco confiáveis", em oficialês). Na verdade, ter pânico de quê?

E Saddam ENCONTROU os mísseis que tinha esquecido. Uns Al-Samud com alcance de mais de 150 quilômetros, espalhados na areia para as câmeras mostrarem.

Uma caçadora de jovens talentos, com quem cruzamos na casa de Denise (a diretora de elenco), chama meu filho, que, até aquele momento, achava que seria um grande matemático:

"Você tem um rosto muito interessante", diz ela. "Quer ser ator? Fazer testes?"

"Por que não?", ele responde, lisonjeado.

Na família, a estrela de cinema é a filha (e o Nobel é ele).

Aliás, preciso acompanhá-la (está nervosa demais para dirigir) a um teste num estúdio ao qual ela teve a oportunidade inaudita de ser chamada, graças ao esforço coletivo do agente e do *manager*.

"Você conhece o texto?", pergunto no caminho para o estúdio, que fica no Valley.

"Não é difícil. Digo: 'Vocês querem queijo?' Com sotaque francês."

"E depois?"

"É só."

"O quê?! Deixo de escrever um artigo, embromo pra terminar um livro, e tudo isso prum filme em que você é vendedora de queijos com UMA fala?"

Piso no freio. Decidida a dar meia-volta.

"Não tô entendendo", diz ela, estupefata. "Vendo o queijo pra JACK NICHOLSON e DIANE KEATON! É um papel que não se pode recusar."

Acabrunhada, mas resignada, eu a levo até o queijo. Ela repete a frase o caminho inteiro. E representa na frente dos produtores. Decepção: não conseguirá o papel de sua vida.

"O teu sotaque não é francês o bastante", explica secamente o diretor de elenco, cujo conhecimento da língua decerto não vai além de um final de semana no Paris Hotel (Las Vegas).

Sábado. Para se consolar do fracasso de sua carreira hollywoodiana, minha filha vai à festa de aniversário de uma colega no Sky Bar, no hotel estilo Mondrian que foi decorado por Philippe Starck, completamente branco, navio flutuante no meio do Sunset Boulevard: você se estende languidamente sobre colchões, cercada por vasos com flores gigantes, embaixo dos caramanchões de bougainvílleas, tendo as luzes de Los Angeles a sua frente. O bar descolado é acessível às colegas de dezoito anos, agora todas com identidades falsas.

Vou fazer ginástica com meu personal trainer, no papel de nativa integrada aos costumes locais. Na academia, os ginastas são bonitos, musculosos, os bíceps salientes. Normalmente, eu deveria largar meu marido e fugir com o treinador. Ou dormir com ele esperando que meu marido me largasse. Diversas variantes são possíveis – o treinador de calção é o primeiro e último objeto erótico nesta cidade sem erotismo.

Mas não *sem cultura*, ao contrário dos clichês, digo para mim mesma. Esta cidade em que todo garçom de restaurante escreve um roteiro de filme ou faz uma peça de teatro, esta cidade cujos habitantes, direta ou indiretamente, fabricam as imagens que farão o mundo inteiro rir ou chorar, não é apenas bronzeamento e silicone: trata-se de uma gigantesca máquina de produzir sonhos.

UM EMPREENDIMENTO CULTURAL. Estou indo para casa queimar os miolos na frente do computador quando meu filho liga para que eu vá buscá-lo do outro lado da cidade, em Santa Monica. Tenho então um momento de intensa raiva por Los Angeles e suas distâncias desumanas. Meu dia está perdido, vou passar horas nos engarrafamentos em vez de tentar acabar este livro: Saddam e eu temos o mesmo *deadline*, cerca de duas semanas antes que o céu nos caia sobre a cabeça. Ele, para acabar com as armas proibidas ou ir para o exílio. Eu, para entregar este manuscrito.

Complicada (sem metrô entre Santa Monica e West Hollywood, sem ônibus também, os táxis são caros demais), lá vou eu pegar o filho.

Ele está no Skate Park, as montanhas-russas de madeira em que os skatistas treinam, felizmente paramentados com capacetes, joelheiras, cotoveleiras, etc. Garotos e garotas fazem evoluções apavorantes, saltando de costas de um trampolim de dez metros de altura, retumbando num barulho infernal, o skate indo para o ar até bater numa grade – já estou vendo a ambulância e o hospital.

O dr. Horowitz, meu amigo, liga. Está de patins, na praia, para relaxar depois de um dia que começou com cirurgia às cinco da manhã. Berro no telefone para cobrir a zoeira: talvez eu precise dele caso meu filho decida subir de novo no trampolim, achando que sabe andar de skate. Ele se estatela lá embaixo e começa de novo.

O ambiente do Skate Park é ótimo, a única violência é auto-infligida, aterrissagem difícil quando o moleque perde o salto e leva o skate na moleira. O clube valoriza também o desempenho escolar: se quiserem ficar depois das seis da tarde, os jovens precisam apresentar boletim e mostrar que têm boas notas.

O Skate Park é o oposto dos Estados Unidos (e de Los Angeles): os brancos são minoria, os negros, maioria. Rap pleno de decibéis nos alto-falantes, hot-dogs fumegantes, as bandas dos bairros se divertindo às pampas depois da aula.

Mas o campeão, o melhor skatista de L.A., o garoto de doze anos que faz piruetas alucinantes, é branco.

"Ele tem patrocínio!", explica-me meu filho, cheio de admiração, cada vez mais longe do Nobel de matemática.

"Patrocínio?"

"É como se fosse profissional, é pago", especifica. Deslumbrado, não tira o olho das evoluções do campeão.

O gênio do skate salta da montanha falsa mais alta, onde ninguém mais ousa se aventurar. No capacete, colocou a inscrição EINSTEIN em letras brilhantes.

"O nome dele é Sam Einstein", diz meu filho. "É o neto do Albert."

"Não pode ser."

"Não, estou enganado, o avô é que era o neto. Então, ele é o tataraneto. Genial, né?"

Pergunto a Sam, é mesmo um pequeno Einstein. "Ciência não me interessa muito", responde, e vai decolar como um virtuose de seu trampolim de vários andares.

Welcome to LA. A primeira geração de judeus emigrados da Europa (rabinos, escritores, filósofos, matemáticos, vendedores ou comerciantes de peles) tinha um sonho: "Você vai ser médico ou advogado, meu filho, ou, na pior das hipóteses, banqueiro na Wall Street". Seus tataranetos californianos são campeões de skate ou de surfe.

"Ele vai ganhar muita grana", comenta meu filho, pensativo.

Neste fim de semana, Saddam começou a destruir os mísseis proibidos.

"Bush está se saindo bem", avalia meu filho. "Se conseguir desarmar o Iraque sem guerra, vai ser uma vitória."

Meu filho é pró-Bush. Fico a imaginá-lo durante o intervalo no pátio da escola em Paris: linchado.

A diferença entre nossos amigos dos dois lados do Atlântico aumenta a cada dia.

"Bush pode até conseguir o desarmamento, mas isso não é suficiente pra ele", digo. "Também quer se livrar de Saddam. Se ele não sair, vai haver guerra."

Aqueles jovens fuzileiros de dezoito, dezenove anos, a idade de minha filha, têm o direito de ser mandados para morrer, mas não têm idade legal para poder beber uma margarita com seus chapas. Eu os conheci há quinze dias no treinamento na base de San Diego, e eles embarcaram hoje de madrugada no porta-aviões gigante (o convés de vôo tem área de vários campos de futebol) e nos sete destróieres que o escoltam, a caminho da eventual guerra. Esses rapazes, que me confessaram que não conseguiriam achar o Iraque num mapa, poderão repassar seus conhecimentos sobre a geografia da região. Antes de serem lançados numa praia por helicóptero ou barcaça de desembarque (flashback dos filmes sobre o Dia D). Por tê-los visto testar seus trajes NBC numa câmara de gás improvisada no fundo de um canyon no deserto ao sul de Los Angeles, saindo vermelhos, verdes, asfixiados, vomitando, eu me preocupo com a qualidade do material em caso de verdadeiro ataque químico ou bacteriológico.

Na noite de San Diego, todos os marinheiros e soldados alinhados, em pé nos conveses, despediram-se das famílias em lágrimas no cais. Os senadores, os políticos e os jornalistas, animados para a guerra, não correm mais o risco de ver seus próprios filhos serem chamados para lutar, ao contrário do que acontecia na época do Vietnã. Com timing curioso, um estudo oficial acaba de confirmar que os recrutas dessas Forças Armadas profissionais são brancos pobres, minorias étnicas ou filhos de imigrantes. Dava para desconfiar.

Os militares precisam se adaptar ao nível cultural dos futuros voluntários para servir *seu país* – ao qual chegaram faz poucos anos, do México, da Guatemala, de El Salvador, e do qual não são nem mesmo cidadãos. A publicidade das Forças Armadas vai se modernizar, utilizar videogames, mais convincentes que os folhetos sérios na hora de ganhar os colegiais e levá-los a se alistar. Já existe um game em que os jogadores são nazistas que atiram nos Aliados que desembarcam na Normandia – será só inverter os papéis para que os futuros soldados banquem os Aliados contra o Mal.

Preparando-me para a guerra, decido ir fazer o cabelo antes de ser assoberbada por uma atualidade transbordante. Emilio, meu cabeleireiro, diz que é italiano, ou seja, europeu e chique. Na realidade, típica amostra da população de West Hollywood, ele é mexicano, homossexual, divorciado, ex-militar, pai de filho militar. Sinto o estresse do pai que teme que o filho de 22 anos, piloto, seja *deployed*, termo preocupante das Forças Armadas americanas. "Empregado" no Iraque. Vamos falar de outra coisa.

"Como vão os amores?"

"Terminei com o *boyfriend*", diz Emilio, voz rouca.

"Mas vocês estavam juntos há anos..."

"Ele me traía. Uma noite, voltei pra casa e o peguei fazendo amor com outro cara pela Internet."

"Ele não tava te traindo, não era sexo, é só virtual."

"É SEXO... Eles têm uma câmera acoplada ao computador, cada um se filma fazendo amor." Começa a chorar. "Estou tão deprimido.

Além disso, a gente briga pela guarda dos cachorros. E o meu filho corre risco de ser mandado pro Golfo."

Meu penteado já deu errado quando toca o celular:

"Martin Sheen foi demitido da TV", informa o pai, lá da Tunísia. "Alguém de LA acaba de dizer pro roteirista americano na filmagem, eu só queria te avisar."

São onze da noite em Paris, tarde demais para a edição do dia seguinte.

"Emilio, sinto muito, não posso mais ficar, preciso sair pra confirmar uma informação", digo, interrompendo a operação cabelo.

Vi que a *verdadeira* Casa Branca tinha lançado ontem algumas notas malévolas sobre Martin Sheen, o *falso* presidente e autêntico líder do movimento contra a guerra. E que a rede NBC, que apresenta *The West Wing*, está preocupada com os posicionamentos de seu ator preferido. Mas não posso acreditar que voltamos à caça às bruxas, ao macarthismo. Impossível. Aliás, na véspera, minha filha me contou como tinha se pegado com outros estudantes no curso de cinema, discutindo *free speech*.

"A gente estava falando de censura no cinema. Sou contra a censura, mas disse que também não concordava com o *free speech* deles: a gente não deveria ter o direito de dizer o que quisesse, ser racista, anti-semita, estimular o crime. Os outros caíram em cima de mim: 'A liberdade de expressão é o fundamento da liberdade nos Estados Unidos', me disseram. 'Então algum Hitler tem o direito de querer matar todos os judeus, por exemplo?' 'Tem', me responderam."

Provocadora, ela quer escrever agora seu ensaio em defesa da censura. Procuro dissuadi-la.

De um lado, liberdade de expressão; de outro, perseguição a atores engajados contra uma guerra no Iraque. Não bate. Vou a todos os telefones, ligo para Marc, chefe do escritório da agência France-Presse, que, na mesma hora, também começa a entrar em pânico e vai tentar confirmar a informação. Por acaso, e sempre com timing impecável, o dr. Horowitz telefona para conversar. Digo que estão com medo de que Martin Sheen tenha sido punido pela rede.

"NÃO É VERDADE", diz Richard. "Cuido de todos os atores que fazem *The West Wing*, eu os vi hoje. Está tudo bem, estão gravando em estúdio. Hollywood é assim: quando a gente precisa de uma informação, liga pro médico."

À noite, a NBC publicará um desmentido formal, não há caça às bruxas, os atores podem protestar contra a guerra sem serem colocados numa lista negra. Pelo contrário, são mais é inscritos na *lista branca* Hollywood 2003.

Machado de guerra e cachimbo da paz

A guerra está declarada. Não com o Iraque, mas entre dois de meus xodós. Num campo, o belo Antonio Villaraigosa. No outro, meus amigos índios da tribo dos morongos.

Primeiro round: os índios ganham.

Eu havia conhecido Villaraigosa em 2000, quando ele ia se tornar o primeiro prefeito hispânico de Los Angeles, a segunda maior cidade dos Estados Unidos. Um malandro democrata como eu gosto, um Clinton mexicano: é filho de alcoólatra, apanhou quando criança, foi aluno ruim, teve alguns problemas com a Justiça, chifra a mulher e... é sedutor, inteligente, corajoso, carismático, progressista, a favor do aborto, contra a pena de morte. Fiquei caidinha por ele.

Carreira brilhantíssima, até ser presidente da Assembléia Legislativa da Califórnia e candidato a prefeito de Los Angeles. Já o imaginamos a caminho de cargos mais importantes – futuro governador do estado, possível vice-presidente democrata?

É quando os índios disparam suas flechas envenenadas.

Durante a campanha para a prefeitura, eles usam milhões de dólares para financiar anúncios de TV que ligam Villaraigosa a um traficante de drogas e o acusam de apoiar a criminalidade porque votou contra leis mais rigorosas. Adorado pelos judeus democratas de Hollywood e por parte dos latinos pobres do Valley (não todos, já que os hispânicos católicos têm índole conservadora), Villaraigosa perde, para surpresa geral. Na noite das eleições, chora, fragilizado pela violência da campanha contra ele.

Segundo round: dois anos depois. Villaraigosa acaba de ser eleito para a Câmara Municipal de Los Angeles e, forte em sua posição, volta a pensar na prefeitura e em outras ambições políticas.

Os morongos, obstinados, já desenterraram o machado de guerra para bloquear o caminho de Villaraigosa, outra vez financiando uma campanha contra ele, candidato num bairro de Los Angeles onde não há índios.

Por que a tribo morongo está em pé de guerra? Por causa dos cassinos.

Embora o jogo seja proibido no estado da Califórnia (é autorizado na vizinha Nevada), os índios podem operar cassinos em suas reservas. Graças ao "dinheiro do vício", saíram da miséria. Assentados em terras desérticas (os brancos guardaram para si os prados e os rios), conseguiram enfim ter água canalizada e luz elétrica, construir escolas, pagar faculdade para os filhos. Os dólares pilhados ao homem branco são sabiamente geridos pelo conselho tribal e divididos igualitariamente entre os membros da tribo.

"Sou CONTRA cassino em reserva de índio", declara o fotógrafo francês que mal chegou de Paris e que me acompanha numa reportagem sobre esses cassinos.

Estamos na auto-estrada que atravessa a imensa periferia da metrópole. Por cerca de cem quilômetros, fica-se alucinado com a visão dos postos de gasolina, vendas de carro usado e shopping centers dos dois lados da enorme auto-estrada. No final: o deserto, os cactos e o Morongo Casino, castelo neogótico rosa-bombom. Uma tela em acrílico da loucura californiana.

"DETESTO OS Estados Unidos", acrescenta o fotógrafo, que não pega a máquina, negando-se a se abaixar para clicar uma paisagem tão tipicamente americana.

Só acontece comigo. Logo quando vou fazer um frila para uma dessas revistas de moda em papel lustroso, eles me mandam um francês monoglota que tem alergia aos States. Que bela idéia.

"O jogo vai CORROMPER a cultura indígena", diz o francês.

"É melhor ser pobre, alcoólatra, desempregado, sem água e sem luz? Deve ser melhor pra alma, né?"

O francês sabe o que é melhor para os índios. Quando o vejo tirar a máquina para clicar a primeira pluma folclórica, já sei que a reportagem está ferrada.

Espertos, os chefes da tribo nos olham, irônicos. Naquele dia, têm reunião com os chefes de outras tribos californianas (que também possuem cassinos) e com políticos. Os brancos, tanto republicanos quanto democratas, redescobrem os índios esquecidos durante um século em suas reservas e vêm lhes fazer a corte; com seus milhões, os índios podem financiar os candidatos que lhes interessam, que apóiem leis favoráveis a eles. Os índios têm muito lobby.

Deixo o fotógrafo no deserto (não fui tão cruel quanto pode parecer: ele alugou um carro).

E meu Antonio Villaraigosa? Não é propriamente um homem branco. Por que essa vingança? Porque ele, na Assembléia Legislativa, se recusou a autorizar a compra de novos caça-níqueis *made in Las Vegas*, controlados pela Máfia, que os índios queriam instalar em seus cassinos. Essas *jackpots* mais modernas teriam trazido ainda mais dólares às reservas.

"Mulher e elefante nunca esquecem", escreveu Dorothy Parker num de seus poemas. Ela não chegou a conhecer os índios.

Nesta Califórnia espanhola (que era mexicana antes de ter sido afanada pelos americanos), nesta cidade onde a maioria dos bebês é de origem hispânica, Villaraigosa vai recuperar sua *success story* de imigrante latino pobre, encarnando o *American dream*, versão terceiro milênio. Se os índios não lhe atirarem mais flechas nas costas.

O cachimbo da paz está na moda. Não entre os índios, mas entre os jovens que curtem manifestações.

"Vi os pacifistas passarem", diz minha filha. "Que bando de idiotas. PEACE, PEACE, PEACE. Seriam contra qualquer guerra. Felizmente, ainda não existiam em 41. Espero que não ataquem o Iraque, seria horrível, mas eu nunca entraria numa manifestação com esses cretinos."

"Eu queria me manifestar contra a guerra", lamenta meu filho. "Seria tão legal se o colégio fizesse greve!"

"Você quer que Saddam continue?", pergunta minha filha, surpresa.

"Não. Aliás, um carinha que estava na manifestação explicou na TV que Saddam é um ditador e que ele, o carinha, queria que ele saísse. Eu iria dizer a mesma coisa."

No carro, a caminho da escola, o filho é obrigado pela mãe a ouvir o discurso de Hans Blix, ao vivo, na ONU.

"É claro, Saddam não tem mais muitas armas, nem nucleares. Bush está FODIDO!!!", conclui meu filho, que desejaria que aquilo acabasse, para poder desligar o rádio e voltar a colocar o CD anos 60.

"Há 250 mil caras lá, no Golfo, com seus kits de sobrevivência, suas máscaras de gás, sua parafernália eletrônica... e seus golfinhos", digo. "Agora que já estão lá, Bush vai querer usá-los."

Ante a palavra "golfinhos", meu filho, doido por mergulho submarino, desperta.

"Pra fazer o que com golfinhos? Eu achava que a guerra era no deserto."

Ele se preocupa com o destino do animal que se alistou *involuntariamente*, promovido a escudo náutico das forças americanas.

Para me distrair, tão logo deixo o filho em sua prisão, mudo o caminho para ver os antifranceses reunidos em frente ao consulado da França, no Wilshire Boulevard, uma das minhas vias preferidas em LA: dirigir nessa grande avenida, ao longo de magníficos arranha-céus com qualidade arquitetônica, é desfrutar um pouquinho de Nova York (com palmeiras!).

Os franceses não são tão numerosos, mas de manhã a França anunciou a intenção de vetar a guerra. Cada vez mais, os franceses aparecem como traidores e ingratos: os motoristas diminuem a velocidade, lêem os cartazes e buzinam para demonstrar sua solidariedade com as palavras de ordem contra os *Frenchies*. Os manifestantes brandem um espantalho de bigode (evidentemente), boina e blusa azul-marinho, representando *la France éternelle*. O equivalente das caricaturas do Tio Sam (e de seus dólares) no outro lado do Atlântico.

Em compensação, os militantes republicanos que organizaram esse protesto anti-França não sabem consultar um dicionário.

Quiseram traduzir KISS MY ASS, para que a mensagem fosse compreendida pelo público francês (ausente, salvo uma dezena de empregados do consulado). Para expressarem aquele sentimento, poderiam ter escrito ON T'EMMERDE (a França) ou ON VOUS EMMERDE (os franceses). No entanto, escolheram a tradução literal, com um S a mais: BAISSE MON CUL![1], dizem eles à França, a Chirac, aos franceses e, pior ainda, ao queijo e ao vinho tinto.

Outro cartaz, LA FRANCE PUE (a França fede), não vem nem ilustrado com o queijo Pont-l'Évêque. Que falta de criatividade.

Num gesto de coragem singular, quando os câmeras enfim chegam, eles arrancam das bolsas as garrafas de vinho tinto de mesa *made in France* e o despejam na sarjeta, para não sujar as calçadas (é proibido). Tudo bem que o vinho seja ruim, não vão querer virar o copo, mas os manifestantes, decididamente de mau gosto, explicam: "Não é apenas um apelo ao boicote dos produtos franceses, é também a cor do sangue que os franceses não querem derramar".

Derramar para quê? Por quem? Que sangue?

As piadas sobre os franceses me fazem rir muito (como aquela da estátua da Liberdade, "que precisaram depilar nos sovacos"), mas quem as faz circular não dá risada. Entre nossos amigos democratas, progressistas, o mote SADDAM É HITLER continua muito forte, a Segunda Guerra voltou à moda.

Linda, ao contrário, me diz que quer emigrar (o que não fará):

"Tenho vergonha de ser representada por este governo, o meu governo", diz. "Para onde posso ir? Para o Canadá?"

Richard Horowitz também quer sair, pelas mesmas razões. Quer muito se instalar em Paris (entre os ingratos).

Quanto mais o tempo passa, menos se compreende por que a maior potência militar do mundo deveria invadir aquele país, mesmo sob o jugo de um ditador. Aqui, a imprensa, a TV não têm dúvida: a guerra é inevitável, ela é necessária.

A TV muda a programação e divulga programas especiais consagrados àqueles que partem em DEFESA DE NOSSO PAÍS. A coisa está cada vez mais surreal. Defender a América contra quem? Os iraquianos? Saddam, fechadinho em seus palácios?

Mostram-nos as clássicas cenas de partida das tropas, todo mundo chora, os soldados beijam esposa, filho, namorada. Dá vontade de dizer que não era nem para terem se alistado: em princípio, os militares servem é para fazer guerra mesmo, não para plantar maconha.

A CNN, praticamente de uniforme, saca uma nova vinheta que dá medo: D-DAY MINUS TEN, "faltam dez dias para o Dia D". Minha filha tem crise de nervos, justificada, uma vez que agora se trata de algo grave, e não de um melodrama sexual na jacuzzi.

Para levantar seu moral, e defender a honra da imprensa escrita, mostro o *New York Times* de hoje com o editorial: "Dizer 'não' à guerra".

Mas, em LA, lutamos em dois fronts. O Iraque e o Oscar. Na cabeça do pessoal de Hollywood, os dois se confundem. Um despacho "urgente": "A cerimônia de entrega do Oscar será em 23 de março, NÃO IMPORTANDO O QUE ACONTEÇA", anuncia muito séria a Academia de Artes e Ciências Cinematográficas. Está confirmado. É a notícia MAIS IMPORTANTE DO MUNDO.

Gloria, a faxineira salvadorenha, me olha com ar triste já faz alguns meses: não engole minha versão para a ausência de meu marido. Aquela história de que foi rodar um filme na Tunísia.

Mulheres que criam os filhos sozinhas, isso para ela é normal: é divorciada, com quatro filhos, a filha teve neném aos dezesseis, sem pai. O que não impede Gloria de ser católica e republicana. Votou em Bush para presidente, contra aquele esquerdista do Gore, que defende o aborto.

Conservadora, mas imigrante acostumada a sobreviver na ilegalidade: se alguém precisar de documento de identidade falso (para beber, se for menor de 21), números falsos da Previdência Social (para trabalhar), habilitações falsas, carteiras de estudante falsas, é só pedir. Gloria ativa essas redes salvadorenhas, e tudo pode ser comprado em 24 horas. Cada comunidade criou seus próprios sistemas de entrada para imigrantes legais e ilegais em Los Angeles, capital cosmopolita onde se falam 114 línguas – a maior colônia mexicana fora do México, a maior colônia armênia fora da Armênia, a maior colônia coreana fora da Coréia, etc.

"O pai está chegando", anunciei para Gloria.

"Ah, é?", respondeu, incrédula, mal escondendo o ceticismo, crente de que ele vivia com outra em Paris ou em Londres.

"Ele chega domingo a L.A., mas fica só uma semana."

O pai, o Retorno.

Ele desembarca da filmagem na Tunísia, estupefato com este ambiente americano carregado de entusiasmo guerreiro e de delírio paranóico. Ouve jornalistas falarem dos membros do famoso Eixo do Mal: Iraque, Coréia do Norte e Irã.

"Virou clube agora? A gente pode se tornar membro do clube do Eixo do Mal? Este país ficou doido."

Estupefato também porque TODOS os seus sapatos sumiram. Temo, sem ousar dizer, que Gloria os tenha doado para sua igreja (já que ele não ia voltar mesmo...).

Crise na família osbourniana.

O pai, furioso, decide ir descalço ao restaurante, esperando que alguém localize seus pisantes. Em Hollywood, se você está de calção e pés descalços num restaurante chique do Sunset Plaza Hotel, só pode ser muito rico e muito famoso. Assim, disfarçado de californiano, ele sugere ao filho faltar à escola para aproveitar o sol.

"Quer ir à praia surfar? Ou às montanhas pra fazer snowboard? Já tinha me esquecido de como este lugar é bonito", diz o pai, emocionado com a natureza californiana.

"Não quero faltar à escola. E à noite vou trabalhar, arrumei um bico", diz meu filho, único que sabe fazer contas na família. "Vou fazer *dog walking*, levar o cachorro do vizinho pra passear. Ele me paga dez dólares por hora – não o cachorro, o vizinho."

"Levar cachorro pra passear quer dizer 'recolher caca', com pá e saco plástico", preocupa-se o pai, sabedor das multas que recaem sobre os donos de cães.

"O cachorro é pequenininho, a caca também", especifica meu filho, que gosta de bicho e de grana.

Esses dias do pré-guerra poderiam ter sido calmos caso meu jornal não fosse sempre tão imprevisível. Marc, responsável pelas colunas do exterior, me liga, com fala mansa:

"Ahn... estão achando que aquele seu artigo pra amanhã sobre os atores está... desatualizado... não tem as últimas posições do sindicato dos atores contra o macarthismo..."

Retruco, ofendida:

"O quê?! Botei tudo de mais atual no meu artigo..."

Marc é meu amigo. Não me altero. Afirmo que o artigo está *excelente*. Ele, com tato, replica que poderia ser *melhorado*.

Alguns e-mails e várias ligações depois, compreendo enfim o que iria me acontecer no jornal do dia seguinte. Coisa inédita em minha longa carreira no *Libération*: republicariam um velho artigo, "Hollywood contra a guerra", que algum leitor atento (fiel e amável) se lembraria de já ter lido havia três meses no mesmo jornal. Ou nem se lembraria. Desse jeito, seria possível reciclar regularmente pedaços do jornal impresso, fazendo economias.

Eu não ia verificar se a memória dos leitores de um jornal é curta (ou longa), decerto haverá oportunidade de realizar essa experiência um dia, com um artigo que não poderá ser excluído a tempo. Torno a enviar o bom, "Hollywood se mobiliza", o novo, no D-DAY MINUS TEN, como diz Washington.

E tento terminar este livro antes que Bush aperte o botão vermelho.

[1] "Ponham no meu rabo!" (N.T.)

Hollywood ending

De repente, parada no sinal vermelho em frente ao Sunset Car Wash, eu me pergunto se Rachid continua por lá.

Ele me recebe com um sorriso brilhante, de causar inveja a meu filho. O aparelhinho nos dentes desapareceu, o cabelo está no capricho. Cada vez mais distante de Nanterre, a Cidade das Flores Azuis. Não mora mais no prédio de reboco rosa chinfrim, dos californianos sem grana, na cidade baixa. Achou uma casinha no alto, nas colinas da moda.

Ter polido com carinho os Ponche e Ferrari tão caros à turma do show business lhe abriu as portas de Hollywood.

"Semana que vem, eu rodo meu primeiro curta", diz Rachid, *em inglês*. "Eu cuido das carangas do diretor de *Romeu deve morrer*, e ele me empresta o material para a filmagem. Arrumei financiamento e montei produtora – ela se chama World Lights. E tenho agência. A CAA."

CAA, Creative Artists Agency, a agência das estrelas, a realmente poderosa na cidade, o sonho de todos que querem fazer cinema.

"Como foi que você fez?", pergunto, impressionada.

"Um cliente me propôs ser meu agente, e assinei lá numa mesa do Baja Fresh." (O fast food mexicano para turista, ao lado do lava-rápido.) "Ando muito ocupado. Estou escrevendo o meu roteiro pra longa-metragem e estudando cinema na universidade. Quanto mais fico aqui, mais gosto desta cidade. Adoro! TUDO É POSSÍVEL. Nem me fale mais de Nanterre."

Ele me entrega o carro, magnífico, que pediu para um guatemalteco lavar enquanto batíamos papo. O lava-rápido fica em frente ao prédio estiloso da prestigiosa Directors Guild of America, a associação dos cineastas. Um dia, Rachid vai atravessar a rua.

Encontro Linda no Sunset Plaza.

"Estamos longe de lá, o dia está lindo, uma brisa gostosa depois daquele chuvão de sábado, nós aqui no sol de camiseta, e só consigo pensar na guerra", diz ela, que em geral se preocupa primordialmente com seus *deals* com os estúdios de Hollywood. "Vai ser uma catástrofe."

O que não a impede de me trazer minha cota diária de piadas de francês.

"Você conhece esta? Os franceses só concordarão em ir à guerra se tiverem provas de que há trufas no Iraque."

A uma semana do Oscar, Los Angeles costuma ser atingida por uma loucura obsessiva. Fica em estado de sítio até domingo, dia da cerimônia. Badalação e estresse. "Pra qual festa fomos convidados? Pra boa ou pra ruim? Pra nenhuma?! O correio ainda não passou? E o meu convite? Não veio?..." Como se chama o habitante de L.A. que passa a noite do Oscar na frente da TV? *A loser*.

Os estilistas e cabeleireiros são tomados de assalto, os hotéis ficam lotados, os restaurantes idem, não se acha limusine para alugar. As avenidas em volta de Hollywood já estão fechadas. Logo vai ser preciso encarar o impossível: andar a pé.

Estamos não mais em L.A., mas em BOTOX CITY. Em segredo, ao cair da noite, na hora em que os consultórios estão vazios, os cirurgiões plásticos de Beverly Hills, armados de suas agulhinhas, enchem as rugas a toda velocidade, antes do domingo. Quando não estão na faina das injeções, eles BOMBEIAM. Especialmente a gordura dos braços, eliminada para liberar o decote dos vestidos de gala, gordura reciclável em outras partes, para tapar buracos aqui e ali. Uma atitude econômica.

Nesse ambiente deletério, não há mais nada para ler nos jornais. Eles são invadidos por páginas inteiras de publicidade caríssima, paga por estúdios que há meses batem duro para que seus filmes e seus atores ganhem a estatueta dourada, poluindo a informação dos 4 milhões de leitores do *Los Angeles Times* (eu incluída) que não votam no Oscar. ("Eu sei, eu sei, Louis, publicidade é bom para a nossa imprensa diária em crise", mensagem pessoal ao diretor financeiro do *Libération*.)

Aliás, Meryl Streep soltou o verbo, revelando o que todo mundo já sabia: que o Oscar é questão de grana. "É como na política, quem ganha é o dinheiro", disse a atriz, demolindo corajosamente o mito da recompensa suprema para o cinema americano.

Hoje, o Oscar sofreu uma cacetada, tendo agora a concorrência de Bush na disputa pela audiência mundial.

Os organizadores da grande festa do show business (mais os maquiadores, estilistas, joalheiros, estúdios, serviços de buffet, fotógrafos, canais de TV) tinham implorado, suplicado ao deus Bush: NÃO!!! 23 DE MARÇO NÃO!!!! ESPERAI ALGUNS DIAS PARA A GUERRA... NOSSO SENHOR GEORGE W., FAZEI QUE AS BOMBAS NÃO CAIAM DOMINGO ENTRE 17H30 E 20H30 (horário da Califórnia).

Péssima notícia para o Oscar e para os iraquianos: eles não vão ser atendidos.

"Bush está se lixando pro Oscar!", confidencia-me, tristonho, um membro da honorável Academia de Artes e Ciências Cinematográficas. "Pra ele, Hollywood é um antro de esquerdistas antipatrióticos."

Os astros e estrelas, excepcionalmente, preocupam-se com outra coisa além do vestido e da oportunidade de ganhar o famoso prêmio de excelência. Os atores, angustiados, perguntam-se como vão dar show no tapete vermelho, ser glamourosos, agradecer chorando ao agente, ao produtor, à mãe, se o país deles atacou o Iraque. Muito embora tenham se manifestado contra a guerra.

Os apresentadores assinaram documento em que se comprometem a não usar o Oscar como tribuna. Mas os ganhadores poderão dizer o que quiserem durante "seus 45 segundos de glória", antes da entrada da orquestra. Ainda que fazê-lo não seja aconselhável...

Segunda-feira, 17 de março. Bush faz o discurso de comandante-chefe. Dá um ultimato, 48 horas, para que Saddam saia do Iraque com os dois filhos. Senão, lançará suas tropas.

Meu filho ouve atentamente os treze minutos da declaração de guerra bushista.

"Sou contra essa guerra", diz ele, pensativo. "Mas pode ser que Bush *tenha mesmo razão*, que ele vá evitar a Terceira Guerra Mundial. Como teriam feito se houvessem parado Hitler em 33."

Acabou de estudar a Segunda Guerra Mundial para um exame de conclusão.

"Deveriam ter parado Hitler em 38, quando ele tomou metade da Checoslováquia", digo. "Em 33, ele foi eleito pelo povo."

O confusionismo Hitler-Saddam é campeão de bilheteria nos Estados Unidos, ainda que os americanos só se interessem pelo Hitler de 1941, data em que seu país foi diretamente envolvido na história. O Simon Wiesenthal Center, museu do Holocausto (que, já sabemos, distinguiu-se conferindo seu prêmio humanitário de 2002 a Jean-Marie Messier), dá sem hesitação o grande salto mental, colocando todos os ditadores no mesmo saco: "Saddam é Hitler", proclama a entidade, que, aliás, hoje não daria mais a medalha a Messier, o Gaulês, a julgarmos por outro comunicado seu, denunciando "a França, que voltou ao espírito de Vichy".

Minha filha liga de Paris.

"Andei o dia inteiro", diz ela, ainda sob o choque da redescoberta da vida de pedestre. "Fui à manifestação contra a guerra. Foi muito impressionante, menos por aqueles anti-semitas que põem a suástica por cima da estrela-de-davi. A esquerda virou antijudaica, é inacreditável. Quando digo que moro em Los Angeles, me olham como se eu fosse débil mental, mas todo mundo sonha em ir praí."

Rolo no chão de raiva. Às vésperas de acontecimentos de

impacto mundial, a operadora de TV a cabo Adelphia (cujos donos foram presos por fraude) tem problemas técnicos e me tira o sinal sem avisar. Telas escuras em todos os aparelhos da casa.

Ligo para o serviço de atendimento ao cliente:

"Sou jornalista, preciso ver as *news*. Por favor, preciso da minha TV funcionando." (Falo com calma.)

"Sim, o sinal estará de volta em uma semana. Não se preocupe, deduziremos *dois dólares* da próxima fatura."

"DENTRO DE UMA SEMANA?! E como vou acompanhar as informações necessárias pro meu trabalho? E se a guerra começar?" (Agora aflita.)

"Ouça o rádio."

Desligo em absoluto estado de fúria contra a incompetência do serviço de cabo na Califórnia. Estou de mãos atadas. Tarde demais para colocar uma antena de satélite sobre o telhado. Resta o hotel. Ou o contra-ataque. Ligo de novo.

"Quero falar com o supervisor." (Agressiva e indelicada.)

"Sei, a tela da senhora está escura, mas dentro de cinco dias enviaremos um técnico, e deduziremos *dois dólares* da próxima fatura", repete o chefe.

"Não quero os seus dois dólares!" (Histérica.) "Quero TV com imagem. Se isso não for resolvido em uma hora, escrevo um artigo sobre a qualidade do seu serviço." (Na França, isso funcionaria.)

O supervisor não se importa. A imprensa não o impressiona. Ele desliga. O desespero toma conta de mim. Fico imaginando o ar de descrença e chacota de meus colegas em Paris, quando disser que estou desconectada do mundo em tempos de guerra:

"Você ainda pode ir à praia tomar sol – não vá esquecer a prancha, hein?"

Tento a abordagem hollywoodiana. Ligo de novo para o supervisor.

"Quero as imagens de volta ao televisor IMEDIATAMENTE." (Com voz calma). "Tenho um CONTRATO. Se vocês não o respeitarem, presto queixa. Aliás, procuro meu ADVOGADO." (Com voz gelada.)

Desligo, sem aguardar resposta. *Isso é besta demais pra dar certo*, penso comigo mesma.

Uma hora depois, a imagem volta.

E mudamos do AMARELO para O VERMELHO: alerta máximo em Los Angeles, paranóia extrema – embora a gente não veja muito bem, NESTA CIDADE QUE NÃO EXISTE, quais possam ser os alvos de terroristas. Há o letreiro HOLLYWOOD na colina, mas dá para repintar as letras brancas em um dia. O tremor de terra é mais preocupante.

No caminho para a escola, meu filho ouve que estão distribuindo máscaras de gás para os bombeiros.

"E pra nós? Nada de máscara?", pergunta ele, preocupado. "Por que só os bombeiros?"

"Essas máscaras são velhas e inúteis, não funcionam."

Aguarda-se o fim do ultimato bushista. Enquanto escrevo penosamente um artigo sobre o Oscar, Aviva CAMINHA na piscina.

"É uma coisa nova, que funciona mesmo", afirma Aviva, sem parar de caminhar (no raso, para não se afogar). "Você perde mais quilos caminhando do que nadando."

Recém-chegada de Washington, ela me fala com entusiasmo dos diferentes candidatos democratas à eleição presidencial de

2004, sempre caminhando a passos largos no fundo da piscina.

Preciso tirar Aviva da água, a tempestade vinda do deserto derruba árvores sobre as casas e os carros, a piscina se transforma em pântano, só faltam os sapos.

E preciso ir pegar o filho na casa de um amigo que mora no Valley, dirigindo pelos canyons escorregadios que atravessam as montanhas.

Não se enxerga nada no escuro, as curvas entre as árvores são abruptas até a Mulholland Drive, essa estrada vertiginosa, desde Hollywood até o Pacífico, construída no topo das montanhas: de um lado, Los Angeles; do outro, o Valley; ao fundo, o mar. À noite, as luzes do Valley lá embaixo são reconfortantes, mas a gente não se sentiria nos Alpes. Eu me perco na imensa periferia, mas acabo achando a festa. Fácil: limusines paradas em frente a um portão fechado. Não acredito que os pais mandem limusine para fedelhos de treze anos.

Ninguém abre o portão (os pais do garoto são do show business, a paranóia habitual). Ligo para o celular de meu filho. Um motorista de limusine abre o vidro:

"A senhora poderia também dizer pra uma tal de Alexandra que o carro dela está esperando aqui na porta? O meu celular não funciona no canyon."

"Sem problema", digo, e pego o cartão do serviço de limusine.

É meia-noite, acabo de passar 45 minutos no escuro e nas curvas, e ainda preciso encarar a estrada no sentido contrário. Já me sinto preparada para mandar uma limusine buscar meu filho na próxima festa. Definitivamente Hollywood.

A noite é longa. Estou de volta ao computador, uma taça de excelente Merlot californiano sobre a escrivaninha. Uma grande batida, espécie de ruído de parede desabando. Meu filho sai correndo do quarto e se enfia debaixo da escrivaninha de carvalho, como lhe ensinaram nos manuais de sobrevivência.

"É um terremoto", anuncia com voz cavernosa, de cócoras sob a escrivaninha.

"Não, o vinho não se mexeu na taça. É uma árvore que caiu no telhado." (O que também não é boa notícia.)

É mesmo um terremoto, fraco, só três graus na escala Richter. A falha de San Andreas treme, às vezes acontece, com violência maior ou menor. Nessa falha geológica que segue o Pacífico, os californianos encontraram terrenos baratos, ao norte, em Livermore, onde tiveram a brilhante idéia de construir uma das duas maiores usinas nucleares dos Estados Unidos. E, ao sul, *por coincidência*, as tribos indígenas ficaram com reservas atravessadas pela falha, das quais vi a fenda impressionante bem no meio de uma aldeia.

"O vinho é anti-sísmico", constata meu filho com satisfação, deixando o abrigo.

Resolve dormir com capacete de skate, para o caso de as lâmpadas lhe caírem na cabeça.

Chegamos ao DAY ONE. Vou comprar pilhas e lanternas, prevendo terremotos e tempestades. Mas não consigo me imaginar estocando caixas de sopa.

O céu voltou com um azul perfeito. A gente esquece a angústia da noite anterior.

Os organizadores do Oscar, as floristas, os atores, os estúdios e os vendedores de champanhe, todos esquizofrênicos, continuam esperando que não venham estragar sua bela festa por causa das bombas. O tapete vermelho já foi estendido sobre o Hollywood Boulevard.

A guerra começa à noite.

Los Angeles, quarta-feira, 19 de março de 2003

Este livro foi impresso na
LIS GRÁFICA E EDITORA LTDA.
Rua Felício Antonio Alves, 370 – Jd. Triunfo – Bonsucesso
CEP 07175-450 – Guarulhos – SP – Fone: (011) 6436-1000
Fax.: (011) 6436-1538 – E-Mail: lisgraf@uninet.com.br